31番目のお妃様 5

桃巴

JN068707

B's-LOG BUNKO
ビーズログ文庫

イラスト／山下ナナオ

CONTENTS

31BANME NO OKISAKI SAMA5

31番目のお妃様◆人物紹介
マクロン
ダナン国の国王。
心の通じ合わない妃選びに
疲弊していたところで、
フェリアに出会い……？
リカッロ(左)&ガロン(右)
カロディア領主と弟。
フェリアの２人の兄でもある。
フェリア
天空の孤島カロディア領か
らやってきた生粋の田舎娘。
魔獣にも後宮の洗礼にも負
けない！ 規格外な『31番目』
のお妃様。

エミリオ
マクロンの弟。
ペレ
妃選びの長老の長。
ビンズ
王城の騎士隊長。
マクロンと幼少からの
付き合いがある。
ソフィア
先王の第一側室。
ベルボルト領に下賜さ
れ、現在は貴人の位を
持っている。
エルネ
元『烈火団』の紅一点。
女性騎士の受験者。
ローラ
カロディア領出身で魔
獣狩りが得意。女性騎
士の受験者。

1 贈り物

「もうすぐ一年になりますか」

ゾッドが思い出したかのように言った。

「一年？」

フェリアは小首を傾げる。

「はい、一年間後宮で勤務しました」

ゾッドらが後宮の警護に入って一年が経つ。

「フェリア様が入宮するまで、私たちは待機でしたが」

「そっか、そうよね。私が31番目の妃に上がるまでに二カ月ほどあったものね。ん？　あれ、じゃあ……」

フェリアは妃選びのしきたりを思い出す。

マクロンが二十五歳の時に妃選びをするはずだったが、先王の急逝により四年後に行うことになった。

そして、マクロンが二十九歳になると、貴族らが我先にと娘を後宮に送り込んだのだ。

フェリアは、気づいたことにあわあわと焦り出す。

「気づかれましたか？」

ゾッドがニッと笑いながら頷く。

「今日は王様の三十歳の誕生日になります」

ダナンでは王の誕生日を祝わない。ダナン建国当初から、王の生誕でなく国の生誕、つまり建国祭のみを不動の祭りとして開催するのがしきたりである。妃選び中の昨年は、紫斑病対策のため、建国祭は中止になったが。

生誕の時以外で、ダナンの民が王族の誕生日を記憶に留めることはない。フェリアももちろん、同じだ。

「ど、ど、どうしましょう!!　私、何も贈り物を用意していないわ！」

「フォフォフォ、王妃になるお方が大声で慌てるとは何事ですかな」

ペレが、邸内に入ってきながら言った。

「ペレ！　今日、マクロン様の誕生日なの!?」

フェリアはすかさずペレに詰め寄る。

「はい、本日は王様の生誕の日ですな」

ペレはそう言いながら、テーブルに一冊のノートを置いた。

「これが、本日の妃教育ですぞ」

「そんなことをしている場合じゃないわ！」

フェリアは声を張り上げた。

「フォフォフォ、そんなに慌てなくとも良いのです。まずは落ち着いて、こちらのノートをご確認ください」

フェリアはフゥと息を吐いて椅子に座り、目の前に置かれたノートを手に取る。

古いノートだ。

『私の可愛い王子のために』

フェリアの目は表紙に記された文言にくぎ付けになった。

「これ……」

言葉を紡ぐことなく、フェリアの手は表紙を捲る。

「先の王妃様のものですね？」

フェリアの視線はノートに向いたままだ。

「はい、そちらに記されている料理を王様に召し上がっていただきたいのです」

フェリアはそこで顔を上げた。

「フェリア様にしかできない贈り物を」

そう続いたペレの言葉に、フェリアは頷く。

「では、本物の銀食器を磨いておいて」

フェリアは立ち上がった。

「ベッド脇に転がった銀食器でもなく、黒ずんだ毒杯でもない銀食器をちゃんと思い出してもらいたいから」

普段は表情を崩さないペレの瞳が少しだけ潤んだように見えた。

「フェリア！」

マクロンがソファから立ち上がる。

政務で疲れ切ったマクロンはソファに沈んでいたようだ。

誕生日だというのに、一日中仕事をしてやっと私室に戻ったばかりなのだから当然である。

マクロンの世話をしていた婆やと入れ替わるように、フェリアはワゴンを押して部屋に入っていく。

ワゴンの上に並んでいる銀食器を見て、マクロンは『それは……』と呟いた。

「今朝、ペレからノートを託されました」

フェリアは視線が留まったままのマクロンに穏やかに微笑む。それから、唯一フードカバーをした料理を披露する。

「これだけはここで開けようと思って。『肉包み』です」

フードカバーを持ち上げると、ほんわかと湯気が立った。

マクロンの瞳が潤む。それが、湯気のせいであるかどうかは聞くまでもない。

「お誕生日おめでとうございます。今日は三十一日ではありませんが、皆からの贈り物なのですって」

贈り物とは、フェリアでもあり、この料理でもあるのだろう。

ペレだけでなく、ビンズも承知の上だ。この日だけは特別だと皆がフェリアを送り出してくれたのだから。

「マクロン様、皆に愛されていますね」

「ハハ、参ったな」

マクロンが銀食器の縁を懐かしそうに撫でた。

「ここに、目に見えない凹みがあるのだ。どの食器にもある」

マクロンの手が、フェリアの手を誘う。

「ほら、ここだ。母がこっそり教えてくれた」

重なった手でゆっくり縁を撫でると、わずかな凹みを感じた。だが、見た目では本当にわからない。

「これが、本物の証なのですね」

「ああ、私は触れずとも感覚でわかる」

「私も、目をつむっても対戦相手はわかります。一度でも戦った相手なら」

フェリアはチョロッと舌を出して戯けた。

「それは頼もしいな」

マクロンもニッと笑う。

「冷めないうちに食べましょう」

フェリアはテーブルに料理を並べる。

途中からマクロンも一緒に料理を並べた。

「一度やってみたかったのだ」

そう言って、マクロンが皿に盛り付けてある小さな蒸し饅頭をヒョイッと手掴みする。

あっという間に、蒸し饅頭はマクロンの口に入った。

「つまみ食いするなんて！」

フェリアは頬をふくらませる。

「いや、味見だ」

マクロンがしれっと返した。

「もうっ、せっかくアーンしようと思って小さく作ったのに」

マクロンの動きがピタッと止まる。

「アーン……」

次第にマクロンの肌が赤くなっていく。

そんなマクロンの様子に、フェリアも伝染するように頬を染めた。

「まあまあ、新婚さんみたいですね」

婆やが水の入ったピッチャーを持って入ってきた。

「さてさて、婆はこれで仕事を終えますね。ごゆるりと。そうそう伝言を頼まれました。後ほどビンズ様が声かけするようなので、お泊まりはなしとのことです」

「お、お泊まりなんて！」

フェリアは動揺する。

「そ、そうだ。まだ、婚姻式をしていない。それくらいの我慢は……コホン、矜持は持っている！」

マクロンの言葉が婆やの足を止めた。

「逢瀬の伝達の片棒を担がされている婆に言っても、説得力がありませんよ。では、本当に失礼します」

婆やが退室し、パタンと扉が閉まった。

フェリアとマクロンは視線を絡める。

「駄目だ、婆やに勝てる気がしない」

マクロンが呟いた。

フェリアはクスクスと笑いが込み上げる。

「ある意味最強ですね」

そんな会話を繰り広げながら、マクロンがフェリアを椅子にエスコートした。

「ありがとう、最高の誕生日だ」

マクロンが対面に座る。

フェリアはいたずらっ子の顔で蒸し饅頭を摘まみ、マクロンの口元へと持っていく。

「召し上がれ、アーン」

マクロンの目が見開かれる。

いたずらが成功したフェリアは、満足して手を引っ込める。

その手首をマクロンが摑んだ。

「ああ、いただくとしよう」

今度はフェリアが目を見開いた。

マクロンの口の中にフェリアが摘まんだ蒸し饅頭が入る。

「マ、マ、マクロン様！」

フェリアの焦った様子をマクロンは楽しむ。

「ヒャ！」

フェリアの指に柔らかな感触が伝わる。

マクロンがニヤッと笑ってフェリアの指を舐めた。

「うん、美味いな」

美味しく、甘い夕食であったのは間違いない。

あたたかで最高の誕生日を、フェリアはマクロンに贈ることができた。

そんな幸せな二人とは反対に、扉一枚隔てた向こう側で、近衛騎士たちが悶絶するほどの甘い雰囲気にげんなりしていた。


翌日。

仮縫いの花嫁衣裳を身につけたフェリアは、姿見に映る花嫁が自身であると認識するのに時間がかかった。

「フェリア様、どこか気になるところがおありですか？」

ナタリーが心配そうに問うた。

「いいえ！　気になったのは自分なの。だって、私が花嫁姿で映っているのですから」

フェリアは込み上げる感情を抑えられず、瞳を潤ませる。

「良く、お似合いです」

ナタリーたち衣装係が頷き合った。

光沢際立つ白いシルクの花嫁衣裳は、胸元に何も装飾はないものの、裾には蔦を思わせる緩やかな刺繍が施されており、それが花嫁を大地に降り立つ女神のように見せている。華やかさや可愛らしさをいっさい排除したにもかかわらず、高潔で凛とした目を奪われる花嫁衣裳だ。

右腕の袖には王家の紋章が刺繍され、マクロンがフェリアをエスコートすれば必ず皆の目に留まるだろう。左の袖には、カロディアの領地紋。

ダナンの風習を見事に調和させた花嫁衣裳であった。

「本来は胸元に王家の紋章を刺繍しますが、王様のご要望で『共に手を携えてダナンを支えよう』との意味合いで左右の袖への刺繍に変更されました」

貴族らは下手に文句を言えまい。なぜなら、一度仕立屋を使い胸元に紋章のないデザインを提出しているのだ。

フェリアは胸が熱くなる。

「王様の左腕の袖にも、同じ王家の紋章が施されております」

二つの紋章は、左右に施されたことにより、二人が寄り添うと半面ずつが繋がり、一つの紋章として姿を現す。

　だから、他はいらない。ダナンを支える意思表示こそ、最高の装飾になるのだから。

「きっと、流行りますよ」

　ナタリーが楽しそうに話す。

　フェリアの瞳がキラリと光った。

「何が流行るの？」

「この刺繍の応用です。互いの両袖で一対の刺繍になるような……蝶と花とか、鳥と木、剣と鞘、民がたくさんの一対を広めていくでしょう」

　フェリアの頭は高速回転する。

「王家の婚姻式って、民には何か記念品が配られたりするの？」

　ナタリーが首を傾げる。

「民にですか？　来賓には配られると思いますが、民にはどうでしょう。ペレ様にお訊ねになった方がよろしいかと」

　フェリアは『そうね』と答える。何やら考えがあるようだ。

「先日、ペレ様からパレードの花道用の装飾布を頼まれました。華やかに飾られる王都が、民には記念になりましょうか。多くの露店が並びます。婚姻式当日だけは、整然と出店される予定のようです」

ナタリーがペレと打ち合わせした装飾の様相を話した。加えて、婚姻式当日の王都の様子も口にする。

「特別なのは、貴族御用達の露店が並ぶことです。いつもは敷居が高いお店の品も格安で販売されます。祝賀の期間は三日の予定だそうですよ」

ナタリーは買い物を楽しみにしているとウキウキしながら話す。

慶事も弔事も期間を決めるのは、ダナン独特の治政方法だ。慶事も弔事も長引かせず、区切りをつけることで治めている。

「ねえ、ナタリー」

「はい、なんでございますか？」

フェリアは満面の笑みを作る。

「婚礼衣裳が仮縫いまで進んでいるのなら、裁断後の端布があるわね」

「ございますね」

「こちらに運んでもらえるかしら？」

「はい？」

ナタリーがキョトンとした表情で、フェリアを見る。

「『幸せのサシェ』を作るわ」

フェリアは楽しげに笑う。

「販売するのよ」

ナタリーたち衣装係は、顔を見合わせた。次第にワクワクした表情に変わっていく。

「是非、お手伝いさせてください！」

「ええ、ちゃんと片棒を担いでもらうわ」

悪事を企てているような言い様にナタリーたちは思わず笑った。


フェリアは、夕食前の日課の散歩中である。

「今日の散歩はどちらまで？」

ゾッドが問うた。

「執務殿のペレに会いに行くわ」

「まだ会議中かと思われます」

お側騎士にも、予定が毎日伝えられている。警護に必要な情報だからだ。

「ええ、知っているわ。王都でのパレードの件でしょ？」

婚姻式後すぐに行われるパレードに関しての会議である。

「今度の警護は万全の構えです。ご安心ください」

ゾッドと一緒に、お側騎士が小さく頭を下げた。

アルファルドが関係した襲撃は、今もなおゾッドらの心の重しになっているのだろう。

「ええ、安心しているわ。それに女性騎士だってそれまでには決まっているでしょうしね」

今頃ビンズがその準備に追われていることだろう。

「では、どのようなご用件で？」

「それは、行ってからのお楽しみ」

また何やら始めたようだと、お側騎士たちは肩を竦めた。

フェリアの突拍子もない行動にはもう慣れっこだ。戒めることはしない。目の前の存在は、普通の王妃に収まるわけがない。誇れる主なのだから。


「たのもぉぉ――」

いつぞやのような扉の開け方に、ゾッドが慌てる。

「フェリア様、ここは闘技場ではありませんから！」

「あら、そうよね」

フェリアは軽い口調で返す。

「フォフォフォ、まだいっそうの淑女教育が必要ですな」

ペレのこめかみがピクピクと動いている。

「今何か聞こえたかしら？」

フェリアは聞こえなかったふりで応戦した。

「それで、何を頼むのですかな？」

「あら、ペレ。話が早いわね」

フェリアはポケットに忍(しの)ばせていた物をテーブルに置く。

「それは？」

「『幸せのサシェ』よ。花嫁衣裳の端布で作りました。婚姻式でグッズ販売をしようと思って」

会議の間が静寂(せいじゃく)に包まれた。

予想だにせぬフェリアの発言に、長老らの頭はついていけていない。

「あら、聞こえなかった？　もう少し大きな声がいいかしら。コホン」

「いいえ！　聞こえておりましたとも」

フェリアが息を吸(す)い込(こ)む間に、ペレが慌てて言った。

「どこに商(あきな)いをする王妃が居(お)りましょう」

「ここに居るわ」

ペレがこめかみを人差し指でグリグリと押している。

同じような会話をしたことを思い出しているのだろう。

「職を生み出すことに、躊躇(ちゅうちょ)なんてしないわ」

フェリアは、長老らを相手に演説する。

「短期の商いなら、貴族らの特権を脅かすことはないわよね。それに花嫁衣裳の端布使用も真似ができないことだわ。特別だからこそ、貴族は手出しできない。継続性ももちろんないから、反対の声は出ないはずね」

フェリアはニンマリと笑う。

それとは反対に、ペレが渋面になっていく。反論できないからこその表情だ。

「衣装係……今人手不足なのよね」

「ほぉ、ではその商いで、人材も見つけ出そうと？」

ペレがテーブルをコンコンと叩きながら言った。

「それも可能よね」

フェリアはニッコリ笑う。

「こう言ってはなんですが、サシェ程度誰でも手習い程度に作れますよ？」

ペレがフンと鼻で笑う。

今日も、フェリアとペレの戦いは健在だ。

これを通過しなければことが進まないと、フェリアも理解しているからこその執務殿への突撃なのである。

「ええ、簡単なサシェならそうでしょうね。でも、特別仕様にするわ。このサシェは二つで一対になるように刺繍を施すの」

フェリアは、ナタリーの話を引き合いにして説明し出す。

「婚礼衣裳の王家紋章のことは皆、知っているわね」

長老らがフェリアの話に頷く。

「これは、流行になるそうよ。特別で精巧な刺繍を施し、女性には『幸せのサシェ』、男性には『幸運のサシェ』として販売するの。こう言ってはなんですが」

フェリアは、ペレのさっきの言葉をあえて使った。

「身分の低い私が王妃になる。それにあやかって、女性には幸せが訪れるサシェ、男性には運をもたらすサシェと宣伝する。そして、一人一点のみの限定販売にするの！」

フェリアはテーブルに置いたサシェを取る。

「これはまだ一対になっていないわ」

サシェの刺繍の絵柄を長老らに見せる。それから、『幸運のサシェ』を人数分配る。

「花と一対になる絵柄を」

フェリアは、皆を見回して言った。

ペレが蝶の絵柄を掲げた。

しかし、怪訝な表情のままだ。

「一対の物を、一人に片方だけ販売するのですか？」

「ええ、そうよ」

フェリアは楽しげに答える。

「不完全な販売になんの意味があるのです？」

フェリアは、呆れた。こんなこともわからないのかと、他の長老を見回すも誰もわかっていないようだ。

フェリアは振り返り、背後のお側騎士も確認する。

セオ以外、長老らと同じ表情である。

セオだけが目をキラキラさせている。

「セオ、説明して」

「お任せを！」

セオが生き生きした表情で前に出てコホンと咳払いした。

「お！　これはいいな。限定品の幸運のサシェか。一人一つだけねぇ。記念に一ついただこうか」

セオが何やら芝居を始めた。

「剣の刺繍とはありがたい」

フェリアはセオの意図を知り、芝居に参加する。

「騎士様なら、剣のサシェをご希望になると思いまして。幸運が訪れますように」

どうやら、フェリアは店主役のようだ。

「騎士様、そのサシェには相手がおります。剣の相手は鞘。鞘の刺繍の入ったサシェの持ち主に出会えれば、もっと良いことがあるかもしれません」

そこで、フェリアとセオが頷き合って場を交代した。

「まあ、花嫁衣裳の布で作った幸せのサシェ！　王妃様にあやかって、私も素敵（すてき）な結婚（けっこん）が舞（ま）い込（こ）んでくるかも！　お一ついただけるかしら」

今度は、フェリアがお客役のようだ。

「どうぞ。素敵な出会いが訪れますように」

セオが店主役になる。

「フフ、このサシェの運命の相手はどこにいるのかしら？」

「鞘ならば、剣の刺繍が運命の相手ですね。今、この王都にきっとおりますよ」

フェリアとセオは、それぞれ部屋の端に向かう。

そ知らぬ顔で、互いの方向に歩き始めた。

すれ違う瞬間（しゅんかん）、セオが目を見開く。

「君、そのサシェは！」

フェリアは足を止める。

「サシェ？」

「ああ、私のサシェは剣」

セオがサシェの刺繍をフェリアに見せる。

「まあ！」

フェリアは、鞘の刺繍のサシェをセオに見せた。

「……君に出会うために、私はこれを購入したようだ」

セオがサッと前髪を搔き上げた。

「あなたに会うために、私はこれを手にしたのだわ」

フェリアはサシェを両手で包んでセオを上目遣いに見上げた。

「君の名は？」

「あなた様は？」

二人の距離が近づく。

芝居は佳境に入った。

だが、その進行を許さない者が現れる。

突如バターンと扉が開き、マクロンが勢いよく入ってきた。

フェリアとセオの間に、ズンと仁王立ちする。

「何をやっている？」

ドスの利いた声だ。

「つまり、こういうことですわ！」

マクロン以外の者が全員納得したのだった。


マクロンは、フェリアの両頬を摘まんで引っ張る。

「ひやめてくだひゃい」

「フェリアが悪い。私に何も説明せず突っ走るからだ」

マクロンは、手を離すと今度はフェリアの頬を包んで押した。

「ごめんなひゃい」

押された頬で、フェリアの唇がアヒルのように尖っている。

その唇にマクロンは軽くキスを落とした。

「ひゃあ、こんなきゃおにしにゃいでぇ」

『こんな顔にしないで』と言っているのだろう。マクロンは手を離しクックックと笑った。

フェリアは頬を擦っている。

「じゃあ、今の顔にキスしよう」

「へ？」

マクロンはフェリアが言葉を理解する間を与えず、唇を重ねた。

ゆっくり離れ、フッと笑んでフェリアを包み込む。

「運命の相手は私だ。例え芝居でもそんな台詞は言ってくれるな」

「……はい」

サムの時にも垣間見たマクロンの嫉妬を、フェリアは思い出す。

「だから、頬を？」

マクロンは苦笑する。あの時は、平手打ちにすると言われ、一発お見舞いされた。

「私を嫉妬させたら、頬を摘まむからな。これでおあいこだ」

全く説明がつかないおあいこだが、二人には十分だった。

コンコン
扉がノックされた。

マクロンは説明を聞くため、フェリア以外を会議室から出していたのだ。

「入っても構わん」

マクロンは、フェリアの頬を再度摘まんだ。

フェリアが不満そうにマクロンを見上げる。

「許可しよう。機転が利いている事業だな。収益、臨時職、衣装係の先見、民が興味をそそられる企画、特別感、どれを取ってみても素晴らしい」

フェリアの顔に喜色が浮かぶ。

マクロンはフェリアの頬を摘まんでいた手を離す。

そこでちょうど、長老や近衛騎士、お側騎士が入ってきた。

「ペレ、これは事業係の領分だ。またエミリオを使ってくれ」

マクロンはテーブルからサシェを取り、ペレに渡した。

「はい、かしこまりました」

ペレが、フェリアを一瞥する。

「また、打ち合わせが増えますぞ」

「願ったり叶ったりだわ！」

やはり、フェリアとペレの戦いは終わらない。

互いに一歩も引かず、不敵な笑みを浮かべている。

マクロンはフェリアの頬を摘まみそうになるのを堪えたのだった。


王城は幸せが満ちている。

妃選びの期間は残り二カ月と十日ほど。

誰もがもう道草や足止めのような事件は起こらないと思っていた。

だが、すでに事件は起こっていたのである。

2 新たな歪み

翌々日、ビンズが31番邸を訪れた。

女性騎士試験の経過を報告するためである。

「十名ですか」

フェリアは経歴書を手に取る。

「はい、やはり試験内容を通達すると辞退の申し出が多数……いえ、貴族の令嬢全員が辞退を申し出ました。残ったのは国営領から七名、騎士推薦の二名、フェリア様推薦のローラさんで十名になります」

フェリアは、十枚の経歴書をテーブルに広げる。

「すみません、たったこれだけで」

ビンズが深く頭を下げた。試験を実施すれば落とされる者も出よう。この中には、通達に応えるためだけに選出された者もいるはずだ。残るのは数人、厳しく言えば二、三人になることも考えられる。

「いいえ、十分よ。初めての試みに最初から数は見込んでいないわ。それよりも、試験が確立されることが重要だもの」

フェリアは、経歴書の一枚一枚に目を通す。

「それで、試験ですが少々問題が」

ビンズが申し訳なさげに言った。

「実は、十名中七名がすぐには試験に来られないのです。国営領の者は、王都まで来るのに日数がかかることもあり、十名の王都到着に合わせ試験実施日を決めようとすると、一カ月先……もっと先の可能性もあり、婚姻式までに女性騎士隊の発足はできなくなりましょう」

国営領は基本的に辺境の地が多いからだ。馬車を使わず、徒歩で王都に来る者もいるのだろう。そうすれば、かなりの日数を要する。

路銀を送るのも手だが、そんなことをすれば、路銀目当ての受験者が現れよう。それに、元々兵士や騎士の試験を受ける者に路銀など支給していない。

大々的に行われる兵士や騎士の試験のように、今後は試験日を定めて行うことになるだろうが現状では無理な話だ。

フェリアの言うように、まずは試験が確立されることが重要になるが、その前段階ですでに躓いている。

応募人数が少ない上に、さらに問題を抱えビンズが肩を落とす。

　フェリアはペレに、『絶対に手出しできぬよう女性騎士を育てる覚悟を選ぶわ』と啖呵を切ったことを思い出した。

『大見得を切ったわりにこんな状況ですかな』とペレがフォフォフォと笑うのが想像できる。

　だが、フェリアはこんなことで動揺したり、へこたれもしない。難題に挑むことを、苦に思わないのだ。それこそが性根たくましいフェリアの長所であり、皆が認める王妃の器なのである。

「初めての試みだもの、十名の試験実施日を統一する必要はないわ。既存のやり方に固執しないでいきましょう。先行で三名に試験を受けてもらえばいいのよ」

　フェリアは、ローラの経歴書を取る。

「他の二人は？」

　ビンズが経歴書を二枚取り、フェリアに渡す。

「私が推薦したエルネと、第四隊隊長の遠縁に当たるベルですね」

　受け取った経歴書の内容を見て、フェリアはフッと笑った。

「魔獣狩りのローラ、元烈火団エルネ、鍛冶職人の娘ベルね」

　フェリアは経歴と名を合わせて口にした。

「飾り名で呼ぶと、十分イケますね」

ビンズが頬を緩める。さっきまで落ちていた気持ちが上向いたようだ。

「経歴からして、野営もナイフを扱うのも大丈夫そうだけど、貴族の目もあるからちゃんと実施して」

書類で通過するとなれば、貴族らがまた令嬢らの書類を改ざんして申し込んでこよう。実際に、試験を見せつけておけば諦めるはずだ。貴族令嬢が野営などできるはずもない。

「はい、かしこまりました」

四日後、ビンズが三名を31番邸に連れてきた。

三名とも一次試験を通過したのだろう。経歴からして当然の結果だ。

フェリアは経歴書に記されていた身体の特徴を思い出す。

真っ赤な髪はエルネに違いない。そして、ガッチリした体の持ち主がベル、ローラは言わずもがな。

「フェリア様、試験に通過した者を連れてきました」

ビンズが三名を紹介する。

「年功序列で、ローラ、ベル、エルネです」

フェリアが推察した通りだった。

「次期王妃になりになるフェリア様だ。ちゃんとご挨拶を」

ビンズに促され、ローラが一歩前に出る。

「フェリア様、よろしくお願い致します」

口調もそうだが、深く頭を下げたローラにフェリアは少し驚いた。

だが、フェリアとてマクロンと初めて会った時、口調は改めた。それくらいの良識を持っていなければ、城勤めなど無理な話だ。

フェリアは満足げに頷く。

ローラに続いて、ベルが前に出る。

「ベルです。至らぬ点をご指導願います」

こちらもわきまえた言動である。

フェリアは、最後の一人エルネに視線を移す。

何よりも真っ赤な髪が目を引く。髪と同じ赤い瞳がフェリアを凝視していた。

言葉が出ないのは緊張しているせいではないだろう。悪感情が瞳に滲み出ていた。フェリアを睨んでいるようだ。

「エルネ、挨拶しろ」

ビンズが焦ったように促す。

「私、簡単に認めないから！　あんたがロンに相応しいか確認するために来ただけよ！」

「不合格。すぐに王城から退きなさい」

フェリアは間髪入れず発した。

「ふざけんな！」

エルネがフェリアに摑みかかろうとする。

ゾッドがサッとフェリアの盾になり、王妃近衛が素早くエルネを拘束し膝を折らせ、地面に顔面を押しつけた。地に伏せる、これが近衛の一般的拘束の仕方である。

お側騎士がエルネの首筋に剣をあてがう。

ビンズが慌てて、片膝になり頭を下げた。

「申し訳ありません！　王城に上がったばかりで分別がついておりませんが、女性騎士になる見込みのある者です。どうか、実力を見てから判断していただけませんか？」

「ビンズ、私はもう王城から退くよう『命じました』」

ビンズの発言にもフェリアは迷うことなく返答した。ビンズの申し出だからといって、受け入れることはない。

「エルネ、謝れ！」

ビンズが厳しい口調でエルネを叱責した。

「私にこんなことをして、ロンが許すわけない！」

ビンズの叱責虚しく、エルネはまだ反発する。

烈火団で、マクロンとも親交があったのだろう。ロンは、きっとマクロンの烈火団時代の呼び名に違いない。

「ダナンの王が、誰かを特別視することはないわ。うぬぼれるのもいい加減になさい。あなたはいつまで幼い頃のままでいるの？」

　フェリアは呆れたように返す。

「ビンズ、さっさと王城から退く手続きを」

「私の首をかけますので、エルネに機会を与えてください！　フェリア様は、後宮の試験の時も、平等に二度目の機会を皆に与えたと聞きます。どうか、お願い致します」

　ビンズのエルネに対する固執に、フェリアは眉を寄せる。

「確認するわ、ビンズ。あなたの配下の騎士が私に暴言を放ち、摑みかかろうとしたら、どう処罰するの？」

　ビンズが固まる。

「ビンズ、答えなさい」

「私もその騎士も首を捧げることになりましょう」

「いいえ、その表現ではエルネには理解できないでしょう」

　フェリアは、エルネに近寄りしゃがむ。

「クビになるのではないの。首が本当に落とされるのよ」

　お側騎士の剣がガチャリと音を鳴らす。

エルネは恐怖からか、ガタガタと震え出した。

「今の状態が一番優しいぐらいなのよ」

フェリアは立ち上がる。

「でも、そうね。確かに二度目の機会を与えましょう」

ビンズがホッと息を吐く。

「ローラは第二隊預かり、ベルは第三隊預かり、エルネは第四隊預かりとします。騎士のなんたるか、王城勤めのなんたるかを学んでから判断します。試験はまだ終わっていません。座学を通過できなければ、不合格で即刻退城にします。合否は各隊の隊長に任せます」

だからこそ、エルネはビンズ率いる第二隊には預けないのだ。

フェリアは、ビンズを冷ややかに見つめる。

「ビンズ、さっきのエルネの行為を他の者がしていたなら、あなたはどうしたのかしら？」

ビンズがグッと喉を詰まらせた。

「自身が推薦した者だからこそ、一番厳しく当たりなさい。私は、ローラを特別視しないわ」

それは、暗にビンズがエルネを特別視しているとの指摘である。

「……肝に銘じます」

神妙な顔で頭を下げるビンズとは反対に、エルネは顔をグチョグチョに濡らしながらもフェリアを憎しみのこもった目で見上げていた。

フェリアは、再度エルネに視線を移す。

「……私の警護をする者が、私に掴みかかろうとするなんて本末転倒ね。それがあなたの実力なのでしょ？　二度目の機会なんて必要かしら、過ちを理解しないあなたに」

エルネが唇の端をグッと噛んだ。

「申し、訳ありません……でし、た。以後、気をつけ……ます」

嗚咽しながらも、声には反発がある。

言葉通りに反省していないことは明らかだが、フェリアは近衛に合図を出した。

エルネの拘束が解かれ、ビンズがエルネを支え起こす。

そのビンズの行動にも、フェリアは嫌悪した。

エルネの不遜な態度は、やはりビンズと親しいこと、幼い頃にマクロンと親交があったことからきているのだろう。

「どこが肝に銘じているの？」

ビンズがハッとして、エルネから離れる。

「座学の期限は十日間とします。その期間中なら座学の合格が早くても構わないわ。合格したら、女性騎士候補に認定し、31番邸に配備してもらいます。十日後はちょうど騎士試験になるわね。そこで正式に女性騎士の承認としましょう」

「かしこまりました」

ビンズが頭を下げる。

一連の出来事で、重苦しい雰囲気だ。

「兵士の期間がない分、判断をするに相応な時間が必要だとわかりました。座学で各隊長に個々の判断をしてもらいましょう。どんなに身体能力が優れていようが、王城勤めの資質のない者に合格は出しません」

覚悟を決めたフェリアに容赦はない。今までの王妃や側室が犠牲を払ってきたことを、終わりにするためだ。

『先の王妃の死の真相』を知ってしまえば、女性騎士の必要性は揺るぎない。中途半端な許容が命の危機に繋がるのだとわかっている。

女性騎士は寝室を守る命の砦だ。

「次はないわ、エルネ」

フェリアは、言葉にしながらビンズに視線を移す。

エルネに向けた言葉は、首をかけたビンズにも理解してもらわねばならないからだ。

ビンズが沈痛な面持ちで頷いた。

ダナン王城の騎士詰所は、闘技場の観覧席の下にある。兵士は練兵場の一角に雑魚寝部屋があり、そこが詰所になる。

騎士詰所は、各隊でわかれており、王塔に一番近い場所が第一隊の近衛詰所。次に王城配備騎士の第三隊詰所があり、その対面の城壁側に第二隊と第四隊の詰所がある。

ビンズは第四隊の詰所に行き、隊長のボルグにエルネを預ける。フェリアの言葉もそのままに伝えた。

「次期王妃様がそう命じられたのなら、それが妥当だってこった。承知した！　その赤っ髪に座学をすればいいんだな。俺の座学は体も使う座学だがな。ガーハッハッハ」

エルネが、眉間にしわを寄せてボルグを見ている。

「おい、赤っ髪。突っ立ってねえで、ちゃんと挨拶しろ」

「……よろしくお願いします」

ボルグがハンッと鼻で笑う。

「その一拍の間が、間違いだ。俺らは王様と王妃様の鎧。鎧が出遅れたら、守れるもんも守れねえぞ。なあ、ビンズ。こいつに見込みを感じねえな」

「うるさい！　あんたに私の何がわかるっていうのさ!?」

「一瞬で、不合格ってことはわかるな。だから、次期王妃様のこの指示なんだな」

ボルグが納得して、エルネを冷笑する。

ビンズは居たたまれなくなり、『お願いします』と頭を下げるだけだ。

「ビンズ！　私はあんたの隊がいい」

エルネがわがままを口にした。

「おい赤っ髪、これで不合格三回目。命令指揮系統まで無視とはな。俺は、あんたに合格は出さない。さっさと王城から退いてくれ。合否は隊長に一任されてるんだろ、ビンズ？」

ビンズは、エルネの頭をガシッと掴み、半ば強引に下げさせた。

「エルネ、本当に王城から退くことになるぞ！　謝れ！」

「……すみません」

ボルグが呆れ気味に『不合格』とまた口にした。

エルネはさっきの一拍の間を学んでいない。ボルグが呆れるのも頷ける。

「赤っ髪、お前あと何回不合格を出すんだろうな？　いや、もっとわかるように言ってやる。何度、首を斬られるんだろうな。騎士がその態度なら、即刻手打ちにされてお終いだぞ」

ボルグも、フェリアと同じことを指摘した。

「お願いします。機会をください！」

流石に、エルネも理解したのか頭を下げたまま、大声を張り上げる。

だが、皆に見えていない顔は悔しげに歪んでいた。

「まあ、十日の辛抱だ。引き受けよう」

ボルグが、面倒くさそうに告げる。エルネがやけっぱちに声を出したと気づいているからだ。

ビンズは『ありがとうございます』と言って、詰所を後にしたのだった。

マクロンの午後の予定は専ら打ち合わせになっていた。

紫斑病関連の謁見も落ち着き、今は婚姻式に向けて準備中である。その婚姻式の日取りはまだ決まっていない。

妃選びの最終日とするか、翌日とするか、妃選びが終わる二週間前の三十一日も候補に挙げられている。もちろん、少しでも早く婚姻したいマクロンの要望だ。

他にも、妃選びが終了した後の三十一日も意見が出ていた。

三十一日の意見が多いのは、今までのしきたりの踏襲でもある。妃候補を番号で序列しているが、王妃に選ばれればその番号が最高の日になるからだ。

マクロンは、ビンズから日取りに関する意見書を受け取る。

浮かれ気味のマクロンと違い、ビンズの表情は優れない。

「どうした、ビンズ？」

「え？　いえ、何もありませんが」

そうビンズは言ったが、少し考えて口を開いた。

「本日、女性騎士の一次試験合格者が王城に上がりました。エルネも居ります」

「ああ、エルネか。ずいぶん久しいな」

頭の片隅で烈火団のことを思い出し、マクロンは少しだけ懐かしい思いにかられた。

「それで、どうしても烈火団時代の態度になってしまうようで……」

ビンズがため息をつく。

マクロンは、なんとなくその状況を理解した。

「減らず口か？　それとも誰彼構わず吠えるあれか？　いや、先攻こそ必勝だったか」

エルネの勝ち気な性格は、マクロンも知っている。烈火団では、紅一点だったためそうならざるを得なかったのだ。お淑やかで内気な女の子に、烈火団は務まらない。

フェリアとは違う厄介なお転婆だった。自分を曲げない。人の意見を受け入れない。ただただ突進するイノシシのような性格である。

その性格と同じで、身体能力も高く俊敏な動きが得意だ。視力も良く、王都では子ども の諍いをいち早く見つけ、駆けつけていた。

厄介なのは、善悪を判断せず劣勢側にいつも味方してしまうところである。

わかりやすい例を上げれば、悪さをした弟を兄が叱っていても、弟側についてしまう。

それが正義かのように。全く疑いもせず、強い立場への反骨を地でいってしまう。

「まさか、フェリアにも？」

マクロンは呆れたように訊いた。ここが王城で、なんのために居るのかもわかっていないはずはないだろうと思いながらも、エルネならフェリアに盾突くことも予想できた。

自分が頼りになる存在だと宣伝するように、強気をかました可能性もある。

『こんな頼もしい者に警護されるなんて嬉しいわ。期待していますね』そんな台詞を言われたかったのだろう。

身分の低い次期王妃様が民を救うため自ら芋煮を配ったことは、王都では有名な話だ。

エルネは、そんな心優しい……頼ってくれる王妃を想像していたのだろう。

きっと、フェリアにガツンとやられたに違いない。

「はい。申し訳ありません」

「そうか……ご苦労だったな。もう、王城を退いたのだろ？」

「いえ！」

マクロンは顔をしかめる。

マクロンの表情に気づいたのか、ビンズが視線を逸らした。

「フェリア様に機会をいただきました」

視線を逸らしたまま、ビンズが言った。

マクロンは眉間のしわが深くなる。

「……甘くなるなよ、ビンズ」

なんとか気持ちを抑え、マクロンは言う。本来、騎士に二度目はない。王の鎧の失敗は、王の命に直結するからだ。

それは、女性騎士とて同じだ。フェリアの最も身近な鎧となるのだから。

「試験は騎士隊責任だが、正式に採用されれば、女性騎士を統括するのはペレだぞ」

エルネの暴挙の情報は、すでにペレに伝わっているだろう。フェリアを陰から守る態勢は整っている。フェリアが伝えなくても、ペレに報告がなされているはずだ。

そのうち、ペレもマクロンに面会してくるに違いない。

マクロンへの正式な報告は、妃選びの長老であり、管理指揮系統統括長のペレが行うのが妥当である。

「はい……」

ビンズの口は重い。

「お前、まだ責任を感じているのか？」

それは、事情を知るマクロンだからこそ言える言葉だ。

「そういうわけではありません。ペレ様にも報告してきます」

ビンズからもペレへの報告義務がある。マクロンも言ったように、女性騎士は管理指揮系統下に在籍するのだから。

だが、ビンズが早々に話を切り上げたかったのだと、マクロンは気づいている。

足取り重く退室するビンズを、マクロンは無言で見送った。


第四隊預かりになって二日、エルネは全く座学に至っていない。それだけでなく、騎士隊の鍛錬にも加わっていない。

ボルグの許可が出ないのだ。

今日も第四隊は闘技場に集まる。実践部隊である第四隊は、毎日鍛錬するのが仕事である。加えて、八日後に行われる騎士試験も第四隊主導で行われるため、準備に余念がない。

ボルグが朝一の闘技場で仕事を振り分ける。

第四隊は現在二つの小隊にわけ運営している。ビンズの第二隊が、妃選びで小隊を四つ作って警護したように、それぞれの隊は都度、隊長が小隊を決定するのだ。

「右隊は鍛錬！　左隊は騎士試験の準備だ！」

ボルグの指示で、小隊が動き出す。

「隊長、私はどちらへ？」

　エルネがボルグに訊いた。

「お前は、俺の腰巾着(こしぎんちゃく)」

　ボルグが面倒くさそうに言い放つ。

「なんでよ!?　さっさと座学してよ」

「不合格十八回目。お前、さっさと諦めた方がいい。命令指揮系統に反する者に、王城勤めは不可能だ。言葉遣(ことばづか)いもなっちゃいねえしな」

「……すみませんでした」

　ボルグがハァとため息をつく。

「十九回目」

　エルネの間は改善されない。

「戦場で、こんなやりとりをする時間なんてねえ。お前が命令に盾突く間に、戦況(せんきょう)が一転するんだ。いい加減にしろよ。お荷物にもほどがある。そんなお前に合格など出せねえし、次期王妃様の所にも行かせられねえな」

　エルネの顔が悔しげに歪む。

「二十回目。そんなふうに顔に出してりゃあ、相手にお前の気持ちが丸わかり。こんな奴(やつ)を隊に置いとけねえ。敵に隙(すき)を与えちまう」

　エルネが唇を噛(か)み締(し)める。

「表情も隠せねえ青二才だな」

ボルグが歩き出す。

エルネは俯き気味にボルグの後を追った。


フェリアの元には毎日女性騎士を目指す三名の報告が上がっている。

予想通り、エルネの状況は酷い。期日内に合格はできないだろう。

「不合格、このままなら三桁行きね」

たった三日で不合格の回数を重ねる勢いに、フェリアは呆れた口ぶりだ。

報告書をテーブルに置き、フェリアは伸びをする。

「本来なら、ここに女性騎士が居なきゃいけないのに……」

寝室へと続く私室で、フェリアは独り言を呟く。

「でも、この一人の時間もあと少しね」

覚悟はとっくの昔にした。しかし、人は何かを引き摺るものだ。フェリアもきっと、それに気づいている。

「俗に言う、マリッジブルーなのかしらね」

部屋の片隅に置かれた野営箱に視線が移った。

「懐かしいわ」

後宮に入ったばかりの頃は、よくこの野営箱にお世話になった。

コンコン

懐かしむ時間は、今ではないのだろう。野営箱から扉へと視線を向けた。

「何かしら？」

『ケイトです。ネルより薬壺が届きました』

「入って」

扉が開き、ケイトが薬壺の乗ったワゴンを押しながら入ってくる。

「三つも？」

「煮出し薬だそうです。フェリア様に出来具合を確認してほしいそうで」

前回リカッロが王城に来た際に、ネルには煮出し薬の本が渡された。ネルは、その日から煮出し薬の勉強をしている。

何やら兄二人から指示が出ているらしく、ガロンが懇意にしている王都から一番近い村の薬師の所に出張させてほしいと申し出があったのが、一週間前だったか。

フェリアは、ネルの薬への執着が、ガロンに似ているなと笑みが溢れた。

「ネルの行く末が心配ですよ」

ケイトが薬壺を眺めながら言った。

「このままでは、カロディアにも向かいそうな勢いですね」

肩を竦めるケイトと同じように、フェリアも肩を竦めた。

「三つも確認するなら、水が必要だわ。あと桶も」

試飲する度に、口をゆすぐ必要があるからだ。

「かしこまりました」

ケイトが退室した。

フェリアは、それぞれの薬壺の主原料を確認する。

『オオバ』、『トウキ』、『サフラン』

「……なるほどね」

フェリアは苦笑した。いずれも婦人病に対する薬だ。兄らが指示した意味を、薬草を勉強中のネルは理解しているのだろう。

前王妃の死の詳細を気にした兄らの気遣いかもしれない。妹を大事に思う兄の想いとも言える。カロディア周辺では、こうした薬壺は婚家に向かう花嫁の持参品なのだ。

「でも、なんで煮出し薬を薬壺に入れたのかしら？」

煮出し薬の保存期間は十日ほどなので、婚礼品には向かない。本来、薬壺に入れるのは保存期間が長い薬である。

村から王城へ運ぶのに、蓋のある薬壺を使ったのだろう。そう判断してフェリアは薬壺の蓋を開ける。壺と蓋の間に噛ましている布も取って中を確認した。

「これは……」

コンコン

フェリアはすぐに蓋を閉める。

「入って」

水と桶を持ったケイトが入室してきた。

「ありがとう、そこに置いてちょうだい」

ケイトが薬壺の横に水と桶を置いて、控えた。

フェリアは、咄嗟に布を取りケイトに渡す。

「あの、これはどのように？」

「薬壺に噛ましている布よ。新しいものを準備してほしいの」

「かしこまりました」

ケイトが再度退室した。

フェリアはケイトが退室するとすぐ薬壺の中身を確認する。

本来なら、濾した薬液だけが入っているはずが、どの壺にも大きな葉が丸々入っていた。

これは、リカッロとガロン、フェリアだけが知る緊急時の連絡方法だ。いや、カロデイア領主家に伝わる秘密の連絡方法で、滅多に使われることはない。

フェリアも、今回が初めて受ける連絡になる。

胸騒ぎが起こる。

フェリアは各薬壺に浸かった三枚の大葉を取り出した。

暖炉へ持っていき、火に炙る。大葉は次第に乾燥していき、一枚の大葉に文字が浮かび上がった。

『ガロン、行方不明』

最初の一行でフェリアは眉間にしわを寄せた。

『王様にはまだ知らせるな』

二行目で一度目を閉じて息を吐き出す。

『周囲に気をつけろ。リカッロ』

心を落ち着かせ、三行目を確認すると、フェリアはそのまま大葉を火にくべた。

その手はきつく握り拳を作る。

「私は次期王妃。取り乱すなどあり得ない。ましてや、気を失うことも」

両親の死を知った時を思い出し、フェリアは頭を振った。

あの日も同じように、大葉が入った薬壺がリカッロに届いたのだ。『ノア』入手と記されていた。

コンコン

フェリアは大きく深呼吸して、扉を開けた。

「フェリア様、こちらでよろしいでしょうか？」

ケイトが真新しい布を持って入ってきた。

「ええ、いいわ。ありがとう」

フェリアは、何食わぬ顔で煮出し薬を試飲する。

全部を確認してから、村に出張中のネルを呼ぶようケイトに指示したのだった。

時を同じくして、マクロンはペレの報告を受けていた。

エルネの暴挙と状況の報告だ。

マクロンのこめかみに青筋が浮かぶ。ビンズの報告後、ゾッドからも報告書が届いたが、文字よりも耳で聞く内容にマクロンの感情は荒ぶる。

「ここまで酷い者も居りますまい。ある意味、今後の試験を考える上で参考になりますな」

ペレの言葉に、マクロンは『ハァッ？』と返した。

「どこに参考になるところがある!?」

ペレがフォフォフォと笑った。

「反面教師としてですな。過去にこんな者がいたと座学で教えるのです。大半の者が呆れましょう。ですが、対極の実例こそ本筋を際立たせるのです。きっと、この暴挙は語り継がれましょうな」

ペレがまた笑うが、目は完全に笑っていない。マクロン同様に怒っているのだろう。

「こんなことに、ビンズが首をかけたというのか……」

マクロンは、舌打ちしそうになるのを抑えた。

エルネはきっと勘違いしている。騎士隊も烈火団のようなものだと思っているのだろう。紅一点だったエルネがエッヘンと胸を張れば、皆が褒め称える。そんなふうに思っているのだ。

言動からして、なぜ皆が自分を見応えのある者と思わないのかと不満に思っていよう。実践すれば、皆に認められるとも。そうしたら、烈火団のように扱われるだろうと。

本来なら、ビンズが決断を下していなければならなかった。

「何やら、理由がおありですかな？」

ビンズのエルネへの固執の理由だ。

「……私の口から言うことではない」

マクロンは口を噤んだ。

「それに、知ったとてペレの判断が揺らぐことはないだろ？」

ペレが頷く。

「はい、そうですね。騎士一人一人の事情を考慮していたら、たちまち王城は機能しなくなりますから。元より、そんな者を騎士になどしておけませんがな」

ペレは容赦なく、ビンズをこのままにしておけないと宣言したのだ。騎士隊を預かるビンズが判断を誤るなどもっての外である。それにどんな事情があろうとも。

マクロンは痛いところを突かれ、返答が鈍る。

「王様の鎧ですので、私が脱がすことはできませんが。……王様の着衣に手をかけられるのは、フェリア様だけでしょうな。フォフォフォフォ」

ペレの言葉の含みを、マクロンがわからぬわけがない。

「フェリアの手は煩わせん」

マクロンの返答にペレが満足げに頭を下げた。

「そのようにフェリア様にお伝え致します」

ペレが退室する。

マクロンは、小さくため息をついた。

ビンズへの対処は、マクロンの手に移ったのだ。エルネがこのままなら、合格はできないだろう。首をかけたビンズにも責任が及ぶ。

　つまり、本当にクビになるのだ。次期王妃に対して発した言葉が、安易に覆ったりはしない。そんなことを許してしまえば、クビをかければ要望が通ると公認されてしまう。その処遇を、フェリアにさせるなとペレがマクロンに迫ったのだ。ペレの主はフェリアなのだから。


　フェリアは、ネルを私室へと促す。

　急いで登城したのか、髪が飛び跳ねている。村から王城まで相当急いで来たのだろう。

「ネル、髪がすごいわね」

　ネルが慌てて髪を手で押さえる。

「騎士様の馬が速くって」

「ごめんなさいね、出張中なのに。煮出し薬は保存が利かないから、早めに品評しようと思って、無理をさせちゃったわ」

　ネルが『いいえ！　全然無理していません』と勢いよく首を横に振った。

「次の打ち合わせまで、ケイトも休んでいて。ネルがいるから平気よ」

　控えのケイトを自然に休憩に行かせた。

ケイトの退室を待って、フェリアはネルと頷き合う。

扉から一番離れた窓際のソファに座った。

「リカッロ兄さんから頼まれたのね？」

ネルの瞳が潤み出す。

「ガロン師匠と連絡が取れなくなって、それでカロディア宛てに手紙を出したのです。そしたら、王都に一番近い村に出張できるかと連絡があって……」

フェリアは目を見開いた。自分が知らぬ間に、何かが動いていたのだ。ネルに出張を許可したのは約一週間前のことである。

「待って、いつからガロン兄さんは行方不明なの？」

「帰領されていないようです。いつもは王都からのんびり道草しても、十日で帰るはずが、リカッロ様が帰領されてもまだ帰っていないらしくて……」

ネルが心配そうに外を見る。どこにいるのだろうとの気持ちの表れだろう。

「じゃあ、あの日から……」

前王妃の死の真相を解明し、ソフィアの養子息の薬を調合するためにすぐカロディアに向かったはずだ。その日からなのだろうか。

もう三週間以上、音信不通になるわけだ。実際、ガロンの行方不明が判明したのはリカッロが帰領してからだろう。その時点で二週間ほど経っている。

「いつもは、数日に一度は手紙が届いていたのです」

ネルが懐（ふところ）から手紙を出す。

前王妃の死の真相を明らかにするために、ガロンが王城に来る連絡の手紙で止まっているようだ。もちろん、そんなことをネルには知らせていないが。ただ、煮出し薬の監修（かんしゅう）に来るからと書いてある。

「リカッロ様から薬師様へ薬壺が届き、それをフェリア様に届けました。周囲には絶対疑われないようにしろと」

それで、追加で二つも煮出し薬を作ったのだろう。

一つだと検分が集中するからだ。中に入っている大葉を怪（あや）しまれる可能性がある。三つともに入っていれば、そういうものだと認識（にんしき）するはずだ。

毒味で一舐（な）めして通過できたと思われる。

「わ、私、まだ何かできることはありますか!?」

ネルが目を袖（そで）で擦（こす）り、涙（なみだ）を拭（ぬぐ）った。力強い瞳が現れる。

「ええ、お願いするわ。だって、このことを知るのはまだ私とネルだけなのだもの」

フェリアもリカッロの指示通り、周囲には知らせていない。

この事態が、急を要することなのか判断しかねるからだ。

ガロンが一カ月程度フラフラと出歩くことは過去に何度でもある。連絡を忘れて、幻（まぼろし）

の薬草採りに行くことはしばしばあることだ。それも大概は王都に行ったついでが多い。

だから、まだ王様に知らせるなということだろう。

しかし、先のアルファルド事件のこともあるので、ガロンが狙われた可能性も捨てきれない。そうなれば、また身近な者に注意しなければならない状況になる。だから、周囲に気をつけろとも伝えてきたのだろう。

リカッロはひとまずネルを使い、フェリアに内密に知らせた。

だが、外に行けないフェリアにできることは限られている。

それは領地を守るリカッロも同じだ。

本当は、マクロンに伝えてすぐにでも対処してもらいたい気持ちはある。

しかし、民一人の行方知れずに、王が直々に対処するなどあり得ない。それが、次期王妃の兄であっても、高位貴族であっても同じである。

大袈裟に騒ぎ立て、ガロンが呑気に帰ってきたなんてことにでもなれば、フェリアの妃としての資質が問われよう。

フェリアは一カ月を猶予と判断した。

このまま一カ月、ガロンからなんの音沙汰もなければ、事件の可能性が高いからだ。

あと一週間ほどで一カ月になる。状況からして、限りなく事件に近いだろう。そうでなければ、リカッロが秘密の連絡などしてくるはずがない。

フェリアは、歯痒(はがゆ)い思いにかられる。このまま一週間何もせずに待ってはいられない。

「ネル、次も出張をお願いするわ」

フェリアの瞳にも力が宿った。


ネルの次にフェリアの元を訪れたのはペレだった。

マクロンにエルネのことを報告した後だ。

フェリアは予定にないペレの訪問に首を傾(かし)げる。

「エルネに関して、正式な報告を上げました。王様から伝言です。フェリア様の手は煩わせないとのことにございますぞ」

「そう……ビンズのことはマクロン様がなさるのね」

ペレがフォフォフォと笑う。エルネのことは、ビンズのことと直結する。エルネだけを切って終わるものではない。

簡単に首をかけたビンズの処遇を、フェリアが決めることになる悪路をマクロンが引き受けるということだ。

「騎士なら、首は王様のためだけにあるものだからよね。ペレ、マクロン様に迫ったのでしょ？」

「誰かがやらねばならぬことを、やったまでのこと。主の手を煩わせないのが忠臣の務めですからな」

フェリアはフッと笑った。

「だから、あなたが表に出ているのね」

ペレが笑みを作る。いつもの笑い声はない。

「こもってばかりではいられませんからな」

X倉庫番のペレだ。王城詰めのペレとも言う。

騎士隊長の首に関して、他のペレでは対処しきれなかったのだ。このペレは、重要なことに対処する役割なのだろう。だからこその、王城詰めである。

「浮かれた花嫁ではいられないようね」

フェリアは呟く。

後宮生活は残り二カ月を切っていた。

婚姻式の日程は決まっていなくても、次期王妃の王妃塔入居は、妃選び最終日だと決まっているのだから。

3 試験

フェリアの心には、ガロン行方不明という重しがある。

その重しを抱えながら、女性騎士関連の報告を受ける。

今日は、十日間の中間日だ。各隊長と一緒に座学中の三名が31番邸を訪れていた。

相変わらず、エルネの瞳には反発心が滲み出ている。

「報告致します！」

ボルグが膝を折る。

エルネ以外の全員がいっせいに膝を折った。正式な報告を、騎士が主に対し立って話すなどあり得ない。至って普通の常識である。

エルネが周囲を見回し唖然とする。

「唖然としたいのは私だわ」

フェリアはため息をついた。

エルネが真っ赤な顔で、膝をつく。

「見ての通り、合格に至りません」

ボルグがすぐに発した。

「教えてないじゃない！　私、座学していないもの！」

エルネが叫ぶ。

「不合格六十六回目。いつになったら、勝手な発言を止められる？」

ボルグが叱責する。

エルネはボルグが実践形式で座学をしているのだと理解していない。

エルネがグッと唇を噛む。その表情自体が不合格を重ねる。

「この通り、警護に当たらせるなど無理な性格です。即刻、王城を退かせましょう」

「待ってください！」

ボルグの発言にいち早くビンズが反応した。

「ローラの報告を」

フェリアはビンズの発言に耳を貸さない。

ビンズが担当しているローラの報告を指示した。

「あと五日の猶予があるはずです」

「では、ベルの報告を」

フェリアは、ビンズを無視して第三隊隊長に顔を向ける。

「座学は合格しました。剣の扱いには不慣れです。本人に確認しましたところ、専ら包丁を作っていたようで、小刀の扱いには長けています。寝室や湯殿を守るには最適な者かと思われます。ただし、足は速くありません」

「そう、もう31番邸に配備できそう？」

「全日でなければと良いと思います。まだ五日間、体力作りを課す方が有効かと」

フェリアは膝を折ったベルに近づく。

「気晴らしに、6番邸の刃物の研ぎと鍛錬をお願いしてもいいかしら？　芋煮を作りすぎて、刃がボロボロなのよ」

「はい！　かしこまりました」

ベルが嬉しそうに答えた。

「では、私が6番邸にいる時にベルを配備して。ペレにもそう報告を」

ゾッドがフェリアの予定との調整に入った。

「ローラの報告を」

ビンズが深く頭を下げる。

「申し訳ありませんでした。ご報告致します」

ビンズが持ち直したことに、フェリアは内心ホッとする。ビンズの処遇はもうマクロンの手に渡っている。

「座学は合格です。剣の立ち回りには長けていますが、小回りは不慣れなようです。外の警護に向いていましょう。体力も申し分なく、すぐに31番邸に配備できましょう。その代わり、エルネを受け持ちます！」

「その代わり？　ローラを追い出すからエルネを見たいって!?」

　フェリアは思わず声を荒らげた。

「次期王妃様、発言のお許しを」

　ボルグがすぐに反応した。

　フェリアはボルグに許可を出す。

「ビンズ隊長、つまり俺が至らねえっていうことか？」

「違う。そうではない。ただ、エルネを上手く扱えるのは私だと思う」

「へえ、主に上手く扱ってくれってほざくわけだ。『私を気分良く扱ったら、鎧になってもいいわよ』ってか。そんな騎士など、俺は次期王妃様にお薦めしねえな」

　ビンズがグッと喉を詰まらせる。

「今のところ、こいつにお薦めできるもんは一個も持ってねえぞ。命令指揮系統に従わねえ。勝手に発言する。挨拶もろくにできねえ。いつも不平不満を顔に出す。あろうことか、次期王妃様に掴みかかろうとしたって言うじゃねえか。よく首が繋がってんな」

　ビンズは押し黙るだけだ。

「ビンズを責めるな！　悪いのは私だろ!?」

「エルネ、黙れ！」

エルネが勝手に発言し、ビンズがすぐに叱責した。

「ほらな、こんな挑発にまんまとのっちまう。そうそう、言葉遣いもなっちゃいねえな」

ボルグが呆れたように言った。

「次期王妃様、ご判断を」

ボルグが深々と頭を下げた。

わざとわかるようなやりとりをして見せたのだ。

「ボルグ、ローラに小回りの利く動きを教えて」

ビンズがハッと顔を上げる。ローラがボルグの元へ行けば、エルネを預かれると思ったのだろう。喜色が窺えた。

「ビンズが投げ出したみたいだから、お願いするわ」

喜色が消え、ビンズは項垂れてしまった。

「かしこまりました」

ボルグが返答した。すぐに、ローラがボルグの背後へと移る。その動きに、ボルグがホクホクと笑んだ。

「ビンズ、エルネを好きにしたらいいわ。合否は五日後よ。鎧を着るか着ないかは、私が決めるから」

フェリアは、ビンズに気づいてほしいと念を送る。王の鎧も同じだと。このままでは、ビンズという鎧をマクロンは脱いでしまうだろうと。

エルネの報告がマクロンに上がらないわけがないのだ。

「はい！　必ず、エルネを立派な女性騎士に育てます」

フェリアは、ビンズの発言内容に無表情を貫いた。

ビンズが残り五日で判断できることを祈りつつ、フェリアは次の予定へと向かったのだった。

王妃塔二階に事業部という部屋が設けられた。元は、女官長サリーの部屋だった場所だ。

それ以前、つまり前王妃健在の頃は装飾職人の部屋だったそうだ。主に帽子や髪飾り、扇子等を作る職人の部屋だった。

今は、その係はない。衣装係と統合され、装飾のほとんどは外注になった。

フェリアは、事業部の部屋に入る。

「姉上、お待ちしておりました！」

エミリオが嬉しそうに言った。

「本当は、イザベラを待っていたのでしょ？」

フェリアの今日のお付き侍女はイザベラである。

エミリオはモゴモゴと口を動かし、イザベラは恥ずかしげに俯く。

「もう二人に任せちゃいましょうかしら。ねえ、ペレ？」

ペレがフォフォフォと笑う。

「まあ、こちらも内密に婚約関係にありますから、この事業にはうってつけですな」

サシェ事業は動き始めていた。

もちろん、今回もエミリオが主導する。

「そうだわ！　私、刺繍の図柄を考えてきたのよ」

フェリアは、スケッチブックを取り出して開いた。

「……」

エミリオが無言で図柄を凝視する。

「姉上、これは……石ころと棘でしょうか？」

「違うわ！　タロ芋と一角魔獣でしょうに」

フェリアは自信満々に言い放つ。

「……」

エミリオは押し黙り、救いを求めるようにイザベラに視線を送った。

フェリアの絵心のなさにどう返したらいいのか、否、どう断ったらいいのかと返答できなかったからだ。

「あの、私たちは一角魔獣を知りませんから、図柄にしても一対だとわかりませんわ」

「あっ！　確かにそうね。私ったら大失敗だわ」

エミリオとイザベラが互いに目を合わせ頷いた。良くやったとの合図だろう。

「さあさあ、図柄よりも事業の打ち合わせが先ですぞ」

ペレがそう言って、フェリアのスケッチブックを取り上げた。

エミリオが内心で拍手喝采を送っていた。

コンコン
「失礼します」

衣装係のナタリーが入ってくる。

「遅れました。こちらを準備しておりまして」

ナタリーがテーブルに端布を入れた箱を二つ置く。

「右が王様の衣装の端布で、左がフェリア様の花嫁衣裳の端布になります」

多めに購入した生地のおかげで、端布の分量は十分だ。

「刺繍の糸で、『幸せのサシェ』と『幸運のサシェ』をわけようと思います。フェリア様の裾を飾った緑銀糸で『幸せのサシェ』、王様の衣装に刺繍されている青銀糸で『幸運のサシェ』を作るのが妥当でしょう」

フェリアの花嫁衣裳の裾は淡い緑に光る銀糸で彩られている。だから、大地に降り立った女神のように見えるのだ。

そして、マクロンの衣装を飾るのは空を思わせる淡い青の銀糸である。

二人はあえて真っ白の衣装にしなかった。空と大地でダナンの繁栄を表現するために。

その誓いをダナンの紋章に込めるために。

「さて、他の細々したことを決めていきましょう」

ペレがパンパンと手を叩き、サシェ事業の会議が始まった。


事業の会議はすぐに時間が過ぎてしまう。

作り手の募集、売り手の確保、個数と販売方法、今後のスケジュールといったものを順々に決めていった。そして、布以外の材料の話へと移る。

「香りの材料は、後宮に咲く花を乾燥させて使います。それと、カロディアからも体調を整える効果のある香草を取り寄せるわ。乾燥庫も完成したから、作業場はこの事業部より11番邸がいいわね」

異論は出ない。

「他に何か決めることはあるかしら？」

フェリアは時間を気にしながら言った。

次の予定が迫っているのだ。

「姉上、後は歩きながらでも。私も15番邸に用事がありますし」

エミリオが立ち上がる。

「そうしましょう。また次の会議の予定を組んで」

フェリアはペレに指示する。

「はい、かしこまりました」

フェリアとエミリオは話しながら、後宮へと向かった。

「あっ忘れていました。これをお渡ししなければ」

エミリオがフェリアに文を差し出す。

「これは？」

フェリアは首を傾げた。

「ゲーテ公爵夫人からです。お渡しするようにと言われまして」

「何用で、公爵家に行ったのかしら？」

フェリアはニッコリ笑う。

エミリオが愛想笑いを返した。

「私物を取りに……復籍の際は急遽だったので、あまり持参できなかったのです」

フェリアはまだジッとエミリオを見つめたままだ。

エミリオがヒクヒクと頰を引きつらせる。

「えっと……お願いをされてしまいました」

言葉が尻すぼみになった。

「エミリオの立場はわかっているわ。公爵家には確かにお世話になったものね。だけど、安易にお願いを受けてはいけないこともわかるでしょ？」

「はい……」

エミリオがしょんぼりする。

「それで、公爵はどんなことを要求したの？」

公爵がまた何か企んでいるなら、早急に策を練った方がいいのだ。

「要求？　いいえ、お願いだけですよ。姉上にお礼の文を渡してほしいとだけ」

フェリアは目を瞬かせた。

「お礼？」

フェリアは文を開く。

＊＊＊

次期王妃様
突然のお手紙申し訳ありません。
どうしても、お礼を申したくエミリオ様にお願い致しました。

カロディアから幻シリーズの美容品四点を購入致しました。前カロディア領主、現カロディア領主にもお世話になっております。

今後もお取引を続けて参ります。どうぞ、よしなに。

また、イザベラを引き受けてくださったこと、サブリナの件も含め、多大なご配慮をありがとうございます。

取り急ぎお礼を申したくお手紙を託しました。

ゲーテ公爵夫人バーバラ

＊＊＊

「リカッロ兄さんから聞いているわ」

フェリアは文をたたんだ。

「まさか、両親がゲーテ公爵家に美容品を納品していたなんてね」

リカッロやガロンから、両親の仕事を引き継いでいることは聞いている。

「あっ……もしかして」

ガロンの行方はそこにヒントがあるのかもしれないとフェリアは思った。

引き継ぎで、遠方に向かって連絡を忘れているのかもしれないと。

「実は、一度姉上のご両親にお目にかかったことがあるのです」

「え？」

フェリアはガロンのことから、一気に現実に引き戻された。

「確か……四、五年前だと思います。公爵家で声をかけられました」

両親が亡くなったのは三年前だ。いや、もう四年になるか。エミリオの話だと、直前に両親はゲーテ公爵家に寄ったことになる。

「誰かと間違われたようでした。『ジルハン様、どうしてこちらに？』と驚いたようにおっしゃられたので、私は人違いだと言ったのです」

フェリアはその名に聞き覚えがあった。しかし、喉に引っかかったように出てこない。一体誰だったかと考える。

「公爵夫人から、美容品を納品していた薬師が前カロディア領主だったと聞き、そういえばと思い出したのです」

両親がゲーテ公爵家に美容品を納品した時、軟禁状態のエミリオと顔を合わせる機会がたまたまあったのだろう。

「姉上とは、縁があるのですね」

エミリオが穏やかに笑んでいる。

しかし、フェリアは漠然とした不安を抱いた。何か、引っかかるのだ。それが何かがわからないからこそ、不安に思うのかもしれない。

いや、あまりにフェリアの背負う重しが多いせいだろう。

エルネのこと、ガロンのこと、婚姻式を控えていることもある。王妃という立場になることも。

両親の死がチラチラと顔を出し不安がムクムクと育ったようだ。

「姉上？」

フェリアはフゥーと息を吐き出して、気持ちを切り替える。

「五日後に騎士試験よね。これでやっと、エミリオの専属騎士も決まるわね」

「そうですね！　女性騎士の合否も決められるとペレから聞いています。こちらの指揮系統ですので、お任せください」

フェリアは頷いた。エミリオは管理指揮系統の長である。復籍したばかりのエミリオが唯一手がけられる王城の仕事なので、張り切るのは当然だ。

「試験が待ち遠しいわね」

そうは言ったものの、フェリアはビンズの顔を思い浮かべ一抹の不安を抱いていた。


試験当日。

マクロンは試験会場である闘技(とうぎ)場に足を運んだ。

すでに試験は終わっていて、マクロンの到着(とうちゃく)を待っている状態だった。

マクロンは壇上(だんじょう)に立つと、近衛(このえ)隊長に合図を送った。

「控えよ！」

騎士も受験者もいっせいに膝を折る。

赤っ髪が一瞬(いっしゅん)遅れたのを、マクロンは見逃(みのが)さなかった。この場には、各隊長預かりになっている三名もいるのだ。

今の状態からしても、エルネに王城勤めは無理だろう。

マクロンはビンズを一瞥(いちべつ)した。

堪(こら)えているのか握(にぎ)り拳(こぶし)が見える。

「試験結果の報告を」

マクロンが指示すると、ボルグが立ち上がった。

「受験者百五十五名。合格者二十七名。今から読み上げます！」

受験者のほとんどが王城兵である。王城兵を経験せずに騎士試験に受かるのは稀(まれ)だ。だが、今回は三名もの外部兵士が合格したようだ。

マクロンは、ボルグから合格者の名簿(めいぼ)と試験内容を受け取る。

「後日、承認(しょうにん)式を行う！　合格者は王様にご挨拶して、武器鍛錬場へ回れ。衣装係が騎士服の採寸で待っているぞ」

　そう言って、ボルグが闘技場を出ていった。

　マクロンは二十七名の挨拶を受けた後、不合格の者を見回す。そして、ボルグから受け取った資料を掲げた。

「今までの試験とは違い、今回は時間をかけた。この資料を作成するためだ」

　悔しがり、俯いていた兵士らが顔を上げる。

「騎士になるには剣の腕前だけでは駄目だ。剣の手入れ、扱い方、他にどんな武器が扱えるか、騎士の心得を理解しているか、身体能力や知識、あらゆる角度からボルグが百五十五名を判断している」

　兵士の視線が資料に集まる。

「この中には、何度も試験を受けて落ちた者もいよう。自身に何が足りていないのか、ちゃんとその目で確認しろ。これが、新たなダナンの騎士試験だ！　結果が全てだ。だが、その結果の理由を知る権利がお前たちにはある。さあ、並べ！」

　胸を打たれた兵士らが涙ぐむ。きっと、何度も落ちた兵士なのだろう。

　こうして、試験はわだかまりもなく終了した。

　そして……次は女性騎士の合否を決める時だ。

闘技場には、各隊長と女性騎士の受験者三名が集まっていた。

マクロンは闘技場を一旦離れ、王城の外通路でフェリアを待っている。

合否の打ち合わせが必要だからだ。

そこに、フェリアが神妙な面持ちで現れた。

「どうしたのだ、フェリア？」

マクロンは、フェリアを労るようにエスコートする。

「ビンズのことか？」

マクロンはフッと笑って言った。

「……いえ」

フェリアが言い淀む。そして、周囲に目を走らせた。

マクロンは、外通路から王塔に入る寸前で足を止めた。

「ここがいいのか？」

外通路は人の視線がほぼない場所だ。今は、近衛三名とお側騎士四名しかいない。他の者は存在しないのだ。

フェリアの視線は、それを伝えたのだろう。

マクロンは、フェリアに密着する。

「内緒の話だろ？」

フェリアが目礼だけ返す。

「ガロン兄さんが一カ月音信不通なのです」

マクロンは、フェリアの囁きに耳を疑った。

「すみません、報告が遅くなって。いつもの放浪かどうか確認するために一カ月待ちましたが……どうやら違うようです」

マクロンは、頭を回転させる。

「事件や事故に巻き込まれた可能性があるのだな？」

フェリアがまた目礼で返答した。

それから、マクロンの首に腕が回された。

「リカッロ兄さんから、内密に文が届きました。『ガロン行方不明、王様にまだ知らせるな、周囲に気をつけろ』フラッと帰領する可能性もあるので今日まで待ちました。今日は、ガロン兄さんが王城を出て一カ月になるのです」

マクロンは、フェリアをギュッと抱き締める。

「周囲に気をつけるために、この外通路で伝えたのだな？」

フェリアが首元で『はい』と辛そうな返事をした。

「気づいてやれず、すまない」

しきたりが二人を阻んでいる。

今まで黙っていたフェリアの杞憂は理解できる。きっと、悩んでいたことだろう。

『周囲に気をつけろ』その通りだ。アルファルド事件然り、母の死の真相も周辺が慌ただしかった。ガロンの行方不明も周辺に繋がる何者かが居てもおかしくない。

マクロンはフェリアから少し体を離し、額をコツンとくっつけた。

「周囲には、イチャイチャに見えるだろ？」

フェリアが照れたように笑う。

「それでいい。内密に対処しよう」

マクロンはそう言って、フェリアの耳元に顔を近づけた。

「……出す」

フェリアもマクロンの耳元に告げる。

「……出張……います」

二人だけしか知らぬ打ち合わせだった。

近衛もお側騎士も、甘い雰囲気で逢瀬を楽しむ二人にしか見えなかっただろう。

闘技場では、先にペレが現れる。

「待たせたか」

ペレの言葉に『いいえ』とビンズが返答する。

騎士試験の責任者はボルグだが、女性騎士試験を主に担っているのはビンズである。

ペレが女性騎士の受験者を見回す。

ちゃんと控える体勢をとっているのは、ローラとベル。視線を中程度で保ち、臨機応変に動ける構えを維持している。

エルネだけが、控える体勢をとっていながらも、不躾な視線をペレに向けている。要するに、好奇心に負けて顔を拝んでいるのだ。それも凝視して。

ペレがフォフォフォと笑う。しかし、目は笑っていない。

フェリアを表だって守るための人材を決めるのだ。重要な局面には、王城詰めのペレが出てくる。陰から守る態勢を指揮しているのはこのペレである。

「ローラとベルの合格は聞いている。さて、エルネはどうなのだ、ビンズ？」

隙のない威圧がペレの言葉にはある。

ビンズが口ごもった。

『老体のくせして』

ペレを凝視していたエルネの瞳が睨みに変わっていく。

エルネは聞こえないように言ったつもりだろう。

だが、ここは王城である。王都の雑踏の中ではないのだ。聞こえないわけがない。

そして、身勝手な暴言を騎士隊長が放っておくわけもない。

ボルグがエルネの首を鷲掴みにして持ち上げる。

エルネの足がバタバタと宙に浮く。

「貴様！　今なんと口にした!?」

「やめてくれ、ボルグ隊長！　窒息してしまう」

ビンズが叫ぶ。

ボルグはエルネを地面に投げた。

「ゴホッゴホッ、ケホッ」

エルネが咳き込む。

「ビンズ隊長、同じ隊長として訊く。これを合格と判断するつもりか？」

ボルグが威圧感たっぷりに声を出した。

「ビンズが合格だと判断しても、最終判断は私が下すわ」

「そして、フェリアが合格だと情をかけても我はその不届き者を認めん」

マクロンは、フェリアと一緒に闘技場に戻った。

皆が膝を折る。

エルネだけが踞りながら、マクロンにすがるように目で訴えている。マクロンの発言を理解していないのだろう。

「すぐに放り出せ」

その言葉にエルネが驚愕した。

「どうしてよ、ロン!?」

ボルグの手がまた動く。

しかし、ボルグが動くより先に、近衛がエルネの喉に向けて剣先を向けた。

王を軽口で呼ぶなど、威厳に関わるのだ。許されるべき言動ではない。その元凶の喉を掻き切ろうとするのは当然の行為だ。

エルネの喉に剣が到達する寸前で、ビンズが体を滑り込ませ鞘をあてがった。

ガキン……

静寂が場を支配した。

「近衛の剣は『我の剣』、それに盾突くとはな」

マクロンが冷ややかにビンズを見下ろす。

「騎士隊長の任を解き、国営領への配属を命じる」

ガチャン

ビンズの鞘が落ちる。きつく握った拳を震わせ耐えている。

「やめて、私が王城を退くから！　ビンズのせいじゃない、私が悪いのだもの!!」

エルネが喚く。

だが、今さら遅いのだ。

「そんなこと、初日にわかっていたことよ。エルネ、あなたにもそう忠告した。私だけでなく、ボルグからもよ。今さら気づきましたなんて通ると思うの？」

フェリアも冷ややかに声を落とす。

フェリアもボルグも初日に王城から退くように言っている。十日かけてやっとわかりましたなど通るわけがない。

「ぁ、ぁ、ごめんなさい……こんな大事になるなんて、思っていなくって、それに！　仲間なのに、なんでこんな酷いことをするの？」

エルネが取り乱し、マクロンに迫る。

これでは、フェリアとの初見と同じである。

もちろん、それを近衛が許すはずはない。

マクロンとフェリア、ビンズとエルネの間に交差された剣が壁を作る。

それは、越えられぬ境のように。もう相容れぬと示すように、ビンズとエルネは弾き出されたのだ。

「それも初日で答えたはずよ。王が誰かを特別視することはないとね。私にとっては、あなたの行いの方が酷いことよ。ビンズが首をかけて得た機会なのに、初日から、あなたはいっさい成長していないのだもの」

フェリアは、交差した剣越しにビンズを見る。

「ビンズ」

紡ごうとした声を、マクロンは止める。

「フェリア、もういい。自ら嫌な役を引き受けるな。ビンズは我の……王の鎧。もう脱いだのだ」

マクロンは一連の出来事を無表情で見ているペレを一瞥した。

やはり、ペレの予想通り、フェリアは嫌な役を担おうとしていた。

せっかくペレが先回りしたのに、マクロンはそれまでに処理できなかったのだ。いや、しなかった。ビンズを信じていたからだ。

「ビンズ、何か言うことはあるか？」

「私は首をかけました。王様に本来預けている首を。自身の要望のために使ったのです。私にはもう騎士としての資格はありません」

ビンズが押し殺した声で言った。

エルネがイヤイヤと首を振る。

「私がクビになればいいだけじゃない！　なんでビンズがクビになるのよ⁉」

ボロボロとエルネの涙が零れる。

「王城において、発した言葉は覆らない。ここは冗談が通じる場所ではないし、ごめんなさいと謝って許される場でもない。首をかけたビンズを救えたのはお前だ、エルネ。お前の合格だけが唯一の道だった。そのビンズの信頼も、お前は顧みなかったということだ。おいいか、クビで済ませたのだ。本来なら、本物の首を差し出すところだ」

マクロンは静かに口にした。

「そんな……そんな、ごめんなさい、ビンズ。私、どうしたら」

エルネが呆然とする。

事ここに至って、エルネは現実を直視した。きっと、烈火団のことを引き摺っていたのだ。紅一点だったエルネは自身が特別な存在だと自負していた。

だから、今まで強気でいられたのだ。それこそ、身分や権力に物怖じしない自分を次期王妃は『頼もしい』と思うだろうと。そんな待遇を想像し、王城で活躍する自身を夢見たのだろう。皆に信頼され、表舞台に立つ自分を。その権利が自分にはあると。

なぜなら、烈火団の面々もこの王城で活躍しているからだ。命をかけ、ダナンに忠誠を誓った仲間も知っている。

その仲間と、自分は同じ地位にあるはずだと思い込んでいた。

「不合格だから、王城から去るだけよ」

フェリアの言葉に、ボルグがエルネを乱暴に引っ立てる。

「ごめんなさい！　もう一回機会をちょうだい！　きっと合格してみせるから！　今度はちゃんとやる！　心意気を見せたかっただけなんだって！　次は反発なんてしない。嫌よ、離してったら」

ビンズの背にエルネの叫びが届くが、ビンズは膝をついたままだ。

「ビンズ、今までご苦労だった。以後も励め」

「はっ」

マクロンは、フェリアと連れだって闘技場を後にした。


この日、王城に衝撃が走った。

ビンズが騎士隊長を解任されたのだ。マクロンが一番信頼していた者を自らの手で切り捨てた。それが、一種の緊張を王城にもたらした。

悪い意味ではない。騎士試験のこともあり、マクロンがいっさいの特別視をしないことが知れ渡ったからだ。

全ては、自身の行いの結果である。

試験の結果も、ビンズが解任された結果も。

4 暗躍

ネルは、一カ月ほど前から行方(ゆくえ)不明になっているガロンの足取りを追っている。

フェリアに薬壺(つぼ)の報告をしてからすぐに出発した。表向きは出張である。

ネルは、時おり不安になる気持ちを、フェリアとガロンの顔を思い出し胸(むね)の奥(おく)に追いやる。

「私しかいないんだから！」

ネルしか動ける者はいないのだ。

フェリアは後宮から出られない。リカッロも領を理由もなく空けられない。

フェリアからは、最悪なんの手がかりも得られなければ、カロディアに向かってほしいと指示されている。もしかしたら、ひょっこりガロンが帰っている可能性もある。

ネルがカロディアに着くまでに、ガロンからなんの連絡(れんらく)もなければ、事件性が確定するはずだ。

ネルは、ガロンの情報を書き込(か)(こ)んだ地図を開く。

ガロンが、ダナン王城を出たのは城門兵から聞いた。

その後、王都の診療所に寄っている。宿場町にある診療所だったので、声かけ程度で行き先は告げていなかったらしい。

ガロンが王都からどう移動するか考え、ネルは関所近くにある馬車の乗合い所に向かった。

紫斑病の件で、王都でのガロンの知名度は高く、すぐに情報を得られた。

乗車情報を追いながら何度か馬車を乗り継ぎ、ネルは今、薬華の栽培が盛んなイザーズ領にいる。

ネルは、地図に書き込んだここまでの道筋を指でなぞった。

王都からここまで五日を要した。足取りを追う手間で五日もかかったが、通常なら二、三日の行程だろう。

この領で、紅花を購入したまではわかったが、その後の足取りが途絶えた。馬車を使わず、徒歩の移動に変えたのだと推測できる。

ネルの指は、地図上をどう進もうか迷った。

「……ここを進めば、ベルボルト領だわ」

指がスーッとベルボルト領へと動く。

「手がかりがなければ、またここに戻って別の道に行けばいいわ」

ネルは、地図をたたみ、空を見上げる。まだ陽は高いが、徒歩で行くなら野営の準備が必要だ。

「明日、早朝に出よう」

鞄に地図をしまい、代わりに紙と筆を取り出す。

状況を綴った文をフェリアに送らなければいけない。毎日出していたが、野営なので次の文まで間が空くだろう。

書き終わったネルは、領都の配達所に行き文を託す。上乗せ金を払い、早届けでお願いした。騙されぬように、早馬が出るのを見届ける。

それから、野営の準備をして宿に泊まった。

翌日、朝陽を受けながらネルは一歩を踏み出した。

背負った荷物が重かったが、ネルの足取りはしっかりしている。

ベルボルト領まで徒歩で三日。途中に村はあるがそこには寄らない。女性の一人旅の場合、泊まった方が危険な目に遭うことが多いからだ。

馬車道や国道も使わない。徒歩の移動となれば、不埒者に目をつけられる。

それは、ガロンも同じだったに違いない。一人旅の者は狙われやすいのだ。旅慣れているガロンが、公道を使うとは考えられなかった。

ネルは、地図と太陽の位置を確認しながら整備されていない地を歩いていった。整備されていないといっても、先人たちが歩いた痕跡で細い歩道になっている。

額の汗を拭き、ネルは空を見上げた。普通の娘なら、歩いて旅などできない。

だが、ネルは元々地方領出身である。子だくさんの末端貴族の令嬢で、口減らしのために王城に出された経緯がある。

気弱な性格ではあるが、地方暮らしに慣れていたため、野営を臆さない。あちこちの仕事を引き受け、家計を助けていたからだ。

ネルは、歩道に目を凝らしながら歩いた。

野営の痕跡を見つけると、ガロンの手がかりがあるか確かめる。

「やっぱり、ここを通っているわ」

焚き火近くのわずかな薬草の匂いで、ガロンがここで野営したのだとわかった。紅花の花弁も数枚落ちていたからである。

そうして、ネルはガロンと同じ道筋を通った。

一泊目、二泊目は問題なく過ごせた。

ところが、ベルボルト領に入れる三日目に、ネルは足を痛めてしまう。疲れが溜まっていたのだろう、石に躓き足首を捻ってしまったのだ。

「薬はあるわ。大丈夫！」

ネルは自身に言い聞かせる。

フェリアから教わった塗布薬草を足首に巻き、ジンジンと痛み出す足を引き摺りながらネルは歩いた。

次第に夕刻が迫ってくる。

周囲が闇へと変化していき、ネルの不安は増す。

そのネルに、闇と同化した手が伸びた。

『ムグッ』

ネルは突如口を封じられた。

「静かに」

耳元で男の声がし、ネルは恐怖のあまり気を失った。

この日を境にネルも行方不明になった。

王城に届く文は検分される。文だけに留まらず、届け物のほとんどは検分されるのだ。

リカッロが大葉で文を出したのも、この検分を免れるためだ。

その検分に唯一弾かれるのは、騎士の早馬を使った連絡だろう。

王の手足である騎士が、王直々の文を相手に届け返答を貰(もら)う。

リカッロも他国で紫斑病対策を行っていた時は、マクロンとこの方法で連絡を取っていた。

　こうすれば、偽物(にせもの)を摑(つか)まされることがないからだ。

　謀(はかりごと)の際は、だいたい偽の書簡やら文が使われることが多い。その対策である。

「フェリア様、こちらが届きましたぞ」

　ペレが、文をフェリアに差し出す。

「あらあら、困ったものね」

　フェリアはネルからの文を受け取る。

　七日前からネルは出張している。毎日、その報告が届くのだ。

「毎日、毎日飽(あ)きもせず、よく届きますな」

　ペレが呆(あき)れながら言った。

「指示がまずかったかしら。仕入れ品を逐一(ちくいち)報告するように言ってしまったのよ」

「張り切っているのでしょうな。フェリア様から、仕事を指示されたのですから」

　フェリアは煮出(にだ)し薬の合格を出した後、ネルに種の仕入れを指示したのだ。

　その出張名目でネルは動いている。

　今後はカロディアから無償(むしょう)で種を貰うわけにはいかない。きちんと事業としてやっていくには、仕入れは仕事になる。

「この後宮なら、色んな薬草を挑戦できそうでしょ」

楽しげなフェリアとは反対に、ペレがハァとため息をついた。きっと、妃の姿としてはおかしいからだろう。

「ところで、まだ何かあるの？」

フェリアは、ペレの手にある紙の束を見る。

「おお、そうでした。これを」

置かれた紙を見ると、サシェ事業に応募してきた者の履歴書だった。

「結構、集まったわね」

「はい。そのまま衣装係に採用される可能性があると募集内容に記したので、このように多く集まったのでしょう」

王城の衣装係は今まで人気がなかった。花形であるドレスの製作に携われない状態だったためだ。

それが、王妃の存在で変わってくる。王妃専属の衣装係はまだ正式に決まっていない。王妃のお抱え――皆、そこを目指すのだ。王妃のドレスこそ、流行の最先端になるのだから。

「それで、困ったことが起こりました」

ペレが履歴書の中から一枚取り出す。

「これです。エルネが応募してきました」

「えっ!?」

王城から放り出されてまだ一日経ったただけだ。

「このような事態を想定していなかったため、書類選考で落とすことができないのです」

募集内容には、履歴書が必要なこと、刺繍の腕前を試験することが条件だった。書類選考とは記していないため、落とせない。

「……そう、仕方ないわね」

フェリアは目を閉じ、人差し指で眉間をグリグリと押す。

「予定通り、試験をするしかないわ」

「刺繍の腕前が良ければ、受かることになりましょう。いいのですかな？」

「私情は挟めないし、今さら募集条件を変更などできないわ。女性騎士試験に落ちたという結果が、今回の試験結果に関わるなら、今後も王城で行う試験はどの試験であっても落ちたら次がないことになる。兵士が一度騎士試験に落ちたら、もう二度と受けられないなんてことはないでしょ？」

ペレが眉間にしわを寄せる。反論する言葉がないからだろう。

「そちらが合格を出したら採用するしかないわね」

そちらとは、管理指揮系統のことだ。

「でも、事業には採用されても、王城の衣装係に採用することはまた別の問題ね」

ペレが頷く。

「次期王妃に摑みかかろうとした者など採用は不可能ですからな」

そう言って、ペレが今回のことはフェリア同様仕方がないと結論づけた。

だが、エルネの目的はサシェ事業に参入することでなく、王城に上がり、許しを請い、ビンズの復職を願うことだろう。そのために応募してきたのだ。

「彼女はまた自身の言葉に責任を持てないようね。自分がクビになればいい、王城から退けばいいなんて口にしたのにね」

フェリアは、エルネの履歴書を伏せる。

「それこそ、不合格を出しやすくなりますから、好きなようにやらせておけばいいのです。別の目的があって王城を目指すなど、不敬極まりないですからな」

ペレが履歴書を回収した。

「そうそう、昨日は外通路で熱い抱擁をしていたそうですな。騎士らが目のやり場に困ったことでしょう。ほどほどに」

ペレがフォフォフォと笑った。

「ペレ、もう用事は終わったのでしょ！」

フェリアは扉を指差したのだった。

フェリアはペレの退室を確認すると、控えの侍女に『少し休む』と告げて、一人寝室に入った。

侍女が扉から離れていく気配を確認すると、ホッとひと息つく。

そして、ネルの文が入った封筒を手に取り、薬壺の中にどっぷりと浸した。

徐々にのり付け部分が開いていき、四角い紙に戻る。

この薬壺は、リカッロがネルに託したものだ。

フェリアは、開いた封筒の紙を火に炙る。

『紅花を購入したようです。ここからは移動が徒歩になった模様。徒歩でこの先のベルボルト領へ向かいます。痕跡を見つけられなければ、戻って別の道を探ります。三日ほど連絡が出せません。ネル』

フェリアは内容を確認し、火にくべた。

「……ベルボルト」

何かが引っかかった。

フェリアはすぐに気づく。

「そうか！　診ないで薬は出せない。ガロン兄さんは、貴人の養子息を診察しに行ったのだわ」

　フェリアはスッキリした気持ちを味わう。しかし、すぐにその気持ちは覆った。

「待って、じゃあどうして連絡がないの？　やっぱりベルボルトではない？」

　フェリアの疑問は別の疑問を導く。

「あの丸薬はどれくらい処方したのかしら？」

　ガロンがソフィアに持たせた丸薬だ。15番邸での会合から一カ月経った。通常、薬師が他領に処方するのは三カ月分程度である。

「ガロン兄さんがベルボルトに行ったなら、貴人から連絡があってもおかしくないわ。それに、ガロン兄さんからだって連絡は出せるはず。行き先はベルボルトじゃない？」

　急いて、答えを引き出そうとしているかもしれない。フェリアは、大きく深呼吸した。

「そういえば、ミミリーとの婚約話はどうなったの？」

　フェリアの脳内にポッと疑問が生じた。

「一度、落ち着かなきゃ。ネルの報告を待てばいいわ」

　あまりに情報が少なく、フェリアは判断しかねた。ネルの次の連絡を待つしかない。

　しかし、頼みの連絡はここで途絶えた。

その男は今もなお仮面を被っている。

「貴人、あの方をもう解放しては？」

「無理ぇ」

ソフィアが首を横に振る。

「大事な薬師をもう犠牲にできぬ」

ソフィアの顔が歪む。

「すでに二人も犠牲にしたぇ。今さら後戻りはできぬ」

男が仮面を外す。

「この顔のせいですね」

男の顔が醜く歪んだ。

「大丈夫ぇ。きっと、上手くいく。今度は失敗しない……もう、何も考えるでないぇ。今は治すことだけを考えればいいのじゃ」

ソフィアが男の髪を撫でた。

『よお、似ておった』

ソフィアは言葉にせず、愛おしげに微笑む。

男にはソフィアの微笑みは理解できない。

ソフィアの微笑みとは逆に、男が悲しげに笑う。

『この顔は治せませんよ』

男も言葉にはしなかった。


ガロンはコキコキと首を鳴らす。

「うーん、こんなもんである程度足りるはず。後は、乾燥させれば一年は保存できるさぁ。……ってか、こんな地下室じゃ、乾燥もできなければ薬もカビっちまうなぁ」

ガロンは上を向く。

手の届かないところに、格子窓一つ。空気孔だろう。太陽光はない。

地下室の牢屋にガロンは閉じ込められていた。

コッコッコッ
階段を下りてくる音に、ガロンは身構えることなくボーッと待つ。

「のんびりしておるのぉ」

ソフィアが檻越しにガロンに言った。

「ちょうど三百個ほど作り上げたところでさぁ」

ソフィアが喜色を浮(う)かべ、丸薬を見る。

「でも、数日で駄目(だめ)になるよ」

ガロンは欠伸(あくび)をしながら言った。

「嘘(うそ)に決まっておる」

ソフィアがフンと鼻で笑った。

「乾燥させれば、一年くらい保存が利(き)くなぁ。でも、生の丸薬が保(も)つのはせいぜい一週間。この地下室じゃあ、三日も保たないかもね。カビが生えて全ておじゃんなわけさぁ」

ガロンは、『俺(おれ)にはどうでもいいけど、もったいないなぁ』と呟(つぶや)いた。

「その手には乗らんぇ。そうやって、ここから出ようなど考えぬ方がいい」

「別に乾燥は、そっちでやればいいでしょ。丸薬を渡(わた)すからお好きにどうぞ」

ガロンは檻の隙間(すきま)から器(うつわ)に盛られた丸薬を差し出す。

「……つまらぬ男よのぉ」

ソフィアの言葉にガロンは笑った。

「そりゃあ、フェリアに比べれば俺なんてつまらんなぁ」

ソフィアにしてみれば、肩(かた)すかしをずっと食(く)らう感覚だ。ガロンの対応は、フェリアのような張り合いがなく、面白(おもしろ)みに欠ける。

「死にたくなければ、ここで大人しくするのが得策ぇ」

ガロンは返事の代わりにまた大きな欠伸をした。

ソフィアが丸薬を回収する。

ガロンはソフィアの姿が消えると、硬い板のベッドに横たわった。

「うーん、皆そろそろ気づくだろうなぁ」

ガロンに緊迫（きんぱく）感はなかった。


毎日届いていたネルからの文が途絶える。前回のネルの文から五日が経っていた。

そろそろ届いてもいいはずの文は、まだ届かない。

一方で、刺繍試験が迫っている。

フェリアはネルの文を気にしながらも、試験の準備に余念がない。今日は、試験官を指名するため彼（か）の二人を31番邸に招待した。

31番邸にミミリーがやって来た。不満げな表情のサブリナも一緒（いっしょ）である。

「リア姉様、ごきげんよう」

「フィーお姉様、ごきげんよう」

ミミリーもサブリナも、フェリアの許可もないのにお姉様呼びをしている。

フェリアは口元がヒクつきそうになった。

「二人とも、ごきげんよう」

フェリアの前で、二人がドレスを摘まんで会釈する。その姿は、まさに令嬢らしい。

この二人が今や薬草係に欠かせない人材であるなど、この姿からでは想像できないだろう。

「お姉様、私にご用とは？」

サブリナがミミリーよりも一歩前に出た。

「姉様！　私ですわよね、ご用があるのは」

ミミリーがサブリナを押しのける。

二人は一瞬睨み合い、フンッと顔を逸らした。

「仲良しね」

ある意味、同じ言動をする二人は仲良しのように見える。

フェリアは久しぶりに心から笑った。このところ、ガロンのことで内密に動く心労があった。それだけでなく、エルネのことも一難去ってまた一難と煩わしい。

体の疲れは克服できるが、心の疲れはなかなか解消されないものだ。

「ええ！　私たち三人は仲良しなのですわ」

サブリナが声高らかに宣言した。

「そうです！　なんなりとおっしゃってくださいまし」

ミミリーも追随する。

こういうところが、やはり根底で仲良しなのだとわかってしまう。本人らは絶対に認めないのだが。

「二日後に、刺繍の試験があるでしょ？　その試験官になってもらおうと思って。二人なら、刺繍の出来を判断できるでしょ？」

サブリナとミミリーの目がパチパチと瞬く。

「オーッホッホッホッホ。もちろんですわ！　私なら一級品の刺繍を見分けられますわ。いつも見ておりますから」

ミミリーが手首のスナップを利かせ、扇子を華麗に広げながら高飛車に言った。

「オホホホホ。私は一級品よりも価値ある最高級品しか見たことがありませんでしょ？　だから、粗悪品を弾くなど造作もないこと。私に全てお任せを」

サブリナがミミリーをフッと鼻で笑った。そして、これ見よがしに一回転しドレスの刺繍を披露する。

もちろん、その後二人は睨み合う。

「仲良しね」

フェリアは、呆れ気味に言った。

相変わらずの二人である。

「ところで、二人の縁談は進んでいるの？」

フェリアはごく自然に訊いた。

試験のことだけでなく、この前ポッと生じた疑問を確かめるために二人を呼んだのだ。

睨み合っていた二人が、同時にハァと息を漏らす。

「私に縁談の話など来ませんわ。父上ったら、『いっそ、カロディア領主に嫁がせようか』などと言うのですよ。『次期王妃様と縁続きになるのもいいか』とも言っていますわ」

サブリナがチラチラとフェリアを窺う。

フェリアは寒気がした。サブリナの視線に気づかぬふりをする。

「卑怯よ。私だって、カロディアと縁を繋げたいわ！」

ミミリーもなぜか参戦してきた。

「あら？　貴人の養子息とはどうなったの？」

フェリアの問いに、ミミリーの顔が歪む。

「聞いてくださいまし！　酷いのですよ。話が違うのです！　縁談相手が変わってしまったのです」

ミミリーが憤慨する。

「爵位がない養子息では心苦しいなんて理由で、ベルボルト伯爵の子息に相手が変わったのです」

「あら、いいじゃないの。将来は伯爵夫人ね、ミミリー。元々双子なのだから、顔は同じよ」

その言葉に、フェリアはまた引っかかりを感じたが、それが何かがハッキリしない。喉の奥に小骨が刺さったような感覚だ。

ミミリーがキッとサブリナを見る。

「田舎暮らしの伯爵家に嫁ぐくらいなら、いっそフェリア様の縁続きになった方がいいわよ！」

おかしなことに、二人は爵位のない領主に嫁ぎたいようだ。

「「肩身の狭い、社交界から離れたいもの!!」」

二人が同時に叫んだ。

今の二人に王都は厳しいのだろう。ある意味、王城勤めのおかげで針のむしろは免れているが、城門から出てしまえば冷ややかな視線が突き刺さるのだ。

「私も、ネルのように外に行ってみたいわ」

ミミリーが呟いた。

サブリナも同意するように頷く。

王都暮らしの令嬢が外に出ることはない。まさに、深窓の令嬢である。

「王都からこっそり抜け出して、子息のお顔でも拝んできたらいいじゃないの？」

サブリナがミミリーを茶化した。

「ほら、あれよ、あれ。王様にもしたあれをすればいいんだわ。『ジルハンさまぁん、ミミリー寂しかったんだからぁ』だったかしら？」

「なんであなたが知っているのよ!?」

サブリナがウフフと笑う。妃選びの期間、情報収集などどの妃もやっていたことだ。マクロンとの交流の情報も筒抜けである。

ミミリーが真っ赤な顔でサブリナを指差す。

「ジルハンからラナハンに相手が変わったのよ！」

呼び捨てでミミリーが叫んだ。

その発言に、フェリアは衝撃のあまり声を出せないでいた。ただ、表情は朗らかに保ったままだ。王妃教育で培った賜物である。

『ジルハン』が誰の名であったのか。

エミリオから名を聞いた時、聞き覚えがあると引っかかっていた。いや、違った。見覚えがあったのだ。王族系図の中で小さくソフィアの欄に注意書きされていた名であった。

貴人の養子息ジルハン。

皆が養子息と呼んでいたため気づかず、その名が小骨のように刺さって出てこなかったのだ。

フェリアの背に嫌な汗が流れる。

両親は、エミリオを見て『ジルハン様、どうしてこちらに？』と言った。これがどういうことなのか、フェリアは漠然とした不安を胸に抱く。

「リア姉様？」

フェリアは表情を保つしかできず、声が出せない。

「……お疲れなのね、フィーお姉様」

サブリナが『うるさくして、ごめんなさい』と謝る。

そこでやっと、フェリアは声を出せた。

「いいえ、二人があまりに仲良しで嫉妬したのよ」

ウフフと笑うフェリアに、二人が感激のあまり瞳をキラキラと輝かせた。

「二人のおかげで元気が出たわ」

フェリアは、浮かれた二人を見送る。

二人はまた言い合いながら31番邸を出ていった。

入れ替わるように、ローラとベルが門扉を通る。

フェリアに思考の時間は訪れない。

『ゆっくり考える時間が欲しいわ』

フェリアは内心呟いた。

『ネルからの文もまだ届かない。何かあったのかしら？』

不安が次から次へと押し寄せてくる。

落ち着いて考える時間があれば、頭をスッキリさせることができるだろう。何より、今何をすべきかの答えを得られるはずだ。

「フェリア様」

ゾッドがフェリアに声をかけた。

フェリアはため息が出そうになるのを堪える。『今は、放っといてくれ』との感情がムクムク湧き起こる。

「午後の予定ですが、急遽変更になりました」

ゾッドが手の平をフェリアに向ける。

そこに収まった紙には『避難経路の確認に変わりました』と書いてあった。

緊急時の避難経路のことだ。

フェリアは、内心で自身を叱責した。次期王妃になる者が、己の感情を優先させるなどあってはならないのだ。これでは、エルネと同じではないか。

マクロンもこうやって重責を背負う立場の裏で、心を犠牲にしてきたのだろう。フェリアはチラリと王塔を望んだ。

『王都に忍んで出ていたのは、唯一自らの感情を優先させた行いだったのね』

フェリアは、幼いマクロンが必死に戦ってきた感情を理解した。

気持ちを切り替え、ゾッドにコクンと頷く。

ダナン王城の出入口は城門の一カ所しかない。それ以外で王城に出入りできる門は存在しない。

しかし、緊急時に王や王妃が抜け出す別の経路が存在する。

この避難経路は一部の者しか知らされていない。王や王妃周辺の者――つまり、近衛隊長や騎士隊長など。

ゾッドが次の紙を仕込む。

手の平の紙は、口外できないことを伝える時の手段だ。

『ローラとベルには王塔の衣装係の部屋に行くように命じてください。女性騎士服の採寸です』

ゾッドがスッと手を引いた。

ちょうど、ローラとベルがフェリアの元にやって来た。

この二人はまだ正式に31番邸に配属されていない。

騎士試験の日に合格してから、午前は新米騎士研修、午後に31番邸の邸宅内であらゆる想定で教育されている。

フェリアが妃教育を行った頃のように、実践形式で教育が行われているのだ。

新米騎士の承認式と同じ日に女性騎士も承認を受ける。それまでは候補である。

「ローラ、ベル、今日は王妃塔の衣装係の部屋に行って。女性騎士服の採寸なのですって。ついでにどんなデザインか見てきたらいいわ。動きにくそうなデザインなら、ちゃんと意見してきて」

女性騎士服の担当は、例外として王族専任の衣装係がすることになった。本来なら騎士服専任の衣装係だが、女性の騎士服など製作したことがないので、ナタリーが一旦引き受けたのだ。

デザインと型が決まってしまえば、担当は騎士服専任の衣装係に回ることになる。

ローラとベルが顔を見合わせた。

「私たちが口を出すと、とんでもなく騎士らしくないものになりますよ」

魔獣狩りと鍛冶職人の意見など、確かにそうかもしれない。

ローラの返答にフェリアは笑ってしまった。

「確かに、二人とも革のエプロンをつけて戦うイメージしかないわ」

「ええ、意見をと言われれば、革のエプロンを身につけたいと言いましょう」

ベルがそう言って、『鍛冶職人に革エプロンは必須ですから』とつけ加えた。

「革をどうしても取り入れたいなら、革の胸当てでもお願いしたらいいわ。動きやすくなるし、防御力も高くなるから」

二人を送り出し、フェリアはゾッドと一緒に城門広場へと向かった。

城門広場から闘技場へと進む。

午後の予定が変更になり、フェリアはいつも通り散歩と称して闘技場に向かう。

だが、フェリアの足は闘技場を素通りした。

ゾッド以外のお側騎士が首を傾げる。

「刺繍の図柄を調べるから、書庫に行くのよ」

「ああ！　一対の図柄ですね」

セオが納得したように返した。

そうして、書庫に辿り着くとゾッド以外のお側騎士は書庫の入口で待機した。

王城で、唯一警護態勢が一人になるのは書庫に入る時だけだ。ぞろぞろと書庫に入って調べ物などできないし、書庫の出入口は一カ所なので不審者が入り込む余地はない。

記名帳にゾッドがフェリアと自身の名を記した。

書庫の入口には、常に役人がいる。そこで記名をしないと書庫には入れない。

「フェリア様がご使用される。貸し切り表示をしてくれ」

ゾッドが役人に指示した。

「現在近衛隊長が入っておりますが、いかが致しましょう？」

「近衛隊長なら、構いませんわ」

フェリアはゾッドとの打ち合わせ通りに答える。

役人が『かしこまりました』と言って、貸し切り札を提げた。

フェリアはゾッドに案内されながら、書庫の奥へと進む。

「近衛隊長がこの奥で待っております」

ゾッドの言葉通り、一番奥の本棚付近に近衛隊長がいた。

フェリアの姿を確認すると、スッと膝を折る。ゾッドも近衛隊長と同じように膝を折った。

「緊急時に城外に逃げる通路をご案内させていただきます」

「ええ、よろしくお願いします」

「まず、口頭での説明を致します。あちらへ」

フェリアは、近衛隊長が勧めた椅子に腰かける。

近衛隊長もゾッドも同じテーブルについた。

フェリアだけでなく、これからはゾッドも避難経路を知る人物になるのだ。

「頭の中に避難経路を描いてください。筆記は禁じられております」

不用意なメモから、秘密の通路がばれてしまう可能性があるからだ。

「執務殿の裏は城壁と岩山の境になります」

フェリアは脳内で位置を描く。

「この一階の書庫から通路が始まり、岩山をくり抜いた通路を経て、フォレット家へと繋がります」

「フォレット家？」

聞き覚えのある名に思わず呟いた。

「はい、ペレ・フォレット様の屋敷です」

「ああ！　そういえばペレの家名ね」

最初の紹介時に耳にした名だ。

「この通路はペレ様のために作られたものだからです。先王様が三人のペレ様を他国で暗躍させるために、自由に往来できる通路をお作りになったのです」

フェリアはそこで気づく。

ペレの手引きで王城を抜け出して、烈火団で遊んだとマクロンが言っていたことを。それを先王が見守っていたことを。

手引きは、ペレにしかできなかったことなのだ。

「フォレット家は、常に王族を逃す役割を担っております」

フェリアは頷く。

ペレが秘密裏に動く大半のことは、王族のためである。

「元々の避難通路は、実は31番邸の井戸だったのです」

「えっ？」

フェリアは驚く。

「ペレ様の通路が出来上がるまでですが」

フェリアは井戸を覗き込んだ時、奇妙な足場があることに気づいていた。

「もしかして、側面に何か通路があるのかしら？」

「よくお気づきで。もう埋められて使えなくなっております」

フェリアはいいことを聞いたとニンマリ笑む。

「フェリア様、お考えが顔に出ておりますよ」

ゾッドがギロッと睨んだ。

フェリアは扇子で顔を隠す。

「まさか、私が埋められたレンガを取り除いて、通路を使えるようにするとでも？」

「ええ、そのまさかをなさるのがフェリア様ですので」

ゾッドが絶対しないようにとつけ加えた。

フェリアは口を尖らせた。もちろん、扇子の内側で。

31番邸は城壁に近い邸だ。つまり、井戸から横穴が伸びているのだろう。後宮の端っこにある31番邸は、城壁を越えると郊外の森へと繋がる。確かに避難経路としては最高の立地だ。

近衛隊長がゴホンと咳をする。

「あ、ごめんなさい。続けて」

「はい。それでは通路をご案内致します」

重厚な本棚が音もなくスッと横に動き、本棚より一回り小さい穴が現れる。

近衛隊長は慣れた手つきでランプに火を灯し、穴に入っていった。

フェリアとゾッドも後に続く。

「簡単にスライドできますので、裏から元に戻してください。ゾッド、動かしてくれ」

ゾッドが本棚を元に戻すと、ランプの灯りだけで明るさが乏しい状態になった。

「ご不便ですが、このまま進みます」

最初はレンガの通路、次に岩山をくり抜いた通路に変わる。

再度レンガの通路になると、前方が明るくなった。

「お疲れ様です」

出口ではペレが待っていた。

避難経路の確認から31番邸に戻り、フェリアはサシェの図柄を考えるからと言って、私室に一人こもった。

暖炉の火を眺め、ネルからの文を思い浮かべる。

フェリアは机に向かいペンを手にしたが、不用意なメモになると気づく。先ほどの避難経路と同じだ。

この件の文は、周囲に知られぬように全て暖炉の火にくべている。

フェリアは脳内で今までのことを羅列した。


『ガロン兄さん行方不明↓一カ月以上』

『エミリオは過去に両親に会っている↓ジルハンの名』

『ネルからベルボルト手前までの情報↓ネルの文途絶える』

『ミミリーの縁談相手変更↓ジルハンからラナハンへ』


羅列した項目を、何度も脳内で追う。

「私にできることは何？」

何か掴みかけているが、まだ足りない。この羅列を補うピースが欠けている。

フェリアの中にはすでに漠然とした答えが浮かんでいる。

「まず、顔の確認だわ」

フェリアは筆を執る。

『明日の午後、お時間はありますか？』

文はブッチーニ侯爵に届けられ、了承の意をセオは持ち帰った。


翌日、ブッチーニ侯爵が31番邸に訪れる。

フェリアはミミリーから縁談の相談を受けたから来てもらったのだと説明した。

「そうなのですよ。確かに貴人の養子息様では爵位はありません。なので、伯爵家に嫁ぐ方が良いかもしれないと……まだ思案中です」

ブッチーニ侯爵にしてみれば、判断に迷うところなのだろう。

「最初から爵位がないとわかってお受けになったのですよね？」

フェリアは誘い水を出す。ブッチーニ侯爵にできるだけしゃべらせるためだ。

ブッチーニ侯爵が周囲をチラチラ見てから、少しだけ身を乗り出した。紳士的ではないが、人に聞かれたくない話をするのだろう。

「当初は、貴人様から由緒正しき家に、ジルハン様をお預けになると聞いておりました。侯爵家に釣り合う家にと」

　つまり、養子息をさらに養子に出し、爵位をあてがう口約束があったということだ。

「きっと、養子の件が流れたに違いありません。それで、ベルボルト伯に話が渡ったのでしょう」

　ブッチーニ侯爵が悔しげに口にする。

「田舎貴族に嫁がせるなど……、貴人の口添えですし断りづらく……、問題は……」

　ブツブツと文句を言っている。

「地方の伯爵夫人は遠慮したいと？」

　フェリアはブッチーニ侯爵をジッと見て問う。

「ミミリーのことだけ考えれば、社交界から遠ざけ、地方の伯爵夫人にさせてもよろしいでしょう。ですが、国道管理を担う侯爵家の娘を、田舎貴族には嫁がせられません。少しでもベルボルト領に有利な国道を提案すれば、贔屓だと他の田舎貴族らが声を上げましょう。ですが、貴人が勧める縁談を無下にもできません」

　ブッチーニ侯爵が、珍しく真っ正直に返答した。

　きっと、頭を悩ませている事案に違いない。

「ねえ、ブッチーニ」

　フェリアは少し緊張の糸を和らげる。

　ブッチーニ侯爵が、ホッと肩を下ろした。

「なんでございましょう？」

「養子息とは会ったのよね？」

そのために貴人と一緒にベルボルト領へ向かったのだから。

貴人にしてみれば、銀食器を取りに行ったのだが、表向きはブッチーニ侯爵を養子息に会わせる目的だったはずだ。

「まあ、会ったようなものですか」

ブッチーニ侯爵の返答はハッキリしない。

「会ったのですか？　会っていないのですか？」

フェリアはお茶を一口含んだ。気が急いていると感じたからだ。落ち着けと自身に言い聞かせる。ブッチーニ侯爵に怪しまれてはいけない。

「伯爵家子息、双子の兄ラナハンの方に会いました。今の縁談相手になりましょうか。貴人の養子息ジルハンは、顔に吹き出物が出て私の目を汚したくないとやらで、同じ顔だからといってラナハンの方に会ったのです」

ブッチーニ侯爵が少し顔を歪める。

遠目で、銀仮面をつけたジルハンに頭を下げられただけらしい。

「もしかしたら……」

ブッチーニ侯爵が言い淀む。

「元々、貴人がそのつもりであったと疑っているのね？」

最初から養子息との縁談でなく、伯爵家との縁談を企てていたと。

「いいようにやられました」

縁談を餌に、カロディアとの橋渡しに利用されたということだろう。ブッチーニ侯爵がわからぬわけがない。

「王妃直轄事業の薬草係は人手不足で、今ミミリーが抜けたら痛手なのよね」

フェリアはサラリと告げた。

ブッチーニ侯爵がキラリと目を輝かせる。

「いやあ！　次期王妃様が手元に置きたいとなれば仕方ありませんな」

ブッチーニ侯爵がホクホク顔で言った。

フェリアは優雅に笑んで応えた。

貴人の口添えを断るには、王か次期王妃の口出ししか手はないだろう。

つまり、フェリアが手元に置きたがっているからと、貴人に断りを入れられるのだ。

「角が立たないですみました。……ミミリーのことをよろしくお願い致します」

ブッチーニ侯爵が深々と頭を下げた。

娘を思う親心に、フェリアは胸が少し熱くなった。

きっと、両親も今のフェリアを見れば、このようにマクロンに頭を下げただろう。

フェリアは、ブッチーニ侯爵に両親を重ねたのだった。

ブッチーニ侯爵を見送りながら、脳内で項目を加える。

『ブッチーニ侯爵はジルハンに会っていない↓顔を見られたくない？』

五つの項目が示す答えを思案する。

だが、手はず通りにはいかない。ブッチーニ侯爵が出ていった門扉をペレが通ったからだ。

「何か予定が入っていましたか？」

フェリアはペレに問う。

「サシェ事業の件です。試験前日ですので、最終会議をしませんと。ところで、ブッチーニ侯爵とすれ違いましたが、何かおありですかな？」

「ええ、明日の刺繍試験の試験官にサブリナとミミリーを充(あ)てるでしょ。そのことで少しね」

そんな理由にペレが納得するはずもなく、ジッとフェリアを見つめている。

フェリアは肩を竦(すく)めた。

「もう、仕方ないわね。正直に言うわよ。ミミリーをカロディアで引き受けませんからと先制攻撃(こうげき)しておいたの。サブリナもミミリーも、兄たちに嫁ぐことを画策しそうな勢いだったからね」

もちろん、ゲーテ公爵家にも同じにするとフェリアは続ける。ゲーテ公爵は一癖も二癖もありそうだから、それなりに準備して迎え撃つともつけ加えた。

「フォフォフォ、ブッチーニ侯爵よりゲーテ公爵の方が手強いですからな」

もうペレの耳にも入っているのだろう、ゲーテ公爵がサブリナをカロディア領主にあてがおうとしていることが。ミミリーの縁談相手が変更になり、ブッチーニ侯爵が思案していることも。

フェリアはなんとか、場を切り抜けた。

探っていることを、誰にも明かすことはできない。

『周囲に気をつけろ』というリカッロの警告は、味方に対しても同様だという意味を含んでいる。

マクロンとも互いに、今回のことは内密に進めると決めている。今はそれが最適な判断だろう。

ガロンの行方不明が、どこにどう、誰にどう繋がっているのかわからない。こちらの動向が公になり、ガロンの命が危険にさらされてはならないからだ。

王城は、ガロンの行方不明を知らない。今は、それを通すしかない。

「それで、最終会議はどちらで？」

フェリアはペレに問うた。

「試験会場の11番邸で行います。エミリオ様が張り切っておられまして……必要性を感じませんが、是非」

つまり、ペレがエミリオをおもんぱかって会議を提案したようだ。

イモニエールの時と違い、今回はエミリオと意見交換ができていない。

「エミリオに優しいのね、ペレ」

ペレが目を瞬かせた。

「王様の時もそうやって導いたの？」

フェリアは穏やかに微笑む。

「返答しかねますな」

ペレが王塔を見上げた。懐かしい記憶を蘇らせているのかもしれない。

「準備して、すぐに行くわ」

「申し訳ありません。自由時間をいただきまして」

フェリアは首を横に振る。

「次期王妃ですから、当然ですわ」

5 波乱

刺繍試験当日。

会場の11番邸は青空の下で賑わっていた。

三十名程度の受験者には、一人に一台ずつテーブルが割り当てられ、三つの課題が出されている。

一 見本と同じ刺繍を刺すこと
二 見本と同じサシェを作ること
三 オリジナル作品のサシェを作ること

一と二は別々の課題である。一の刺繍を施した布で二のサシェを作るわけではない。それぞれで作品ができることになる。

盗作や盗難が起きないように、一人一台のテーブルにしている。材料も過分に提供された。

もし、不合格でも余った材料を持ち帰れる。賃金代わりだ。

始まりの鐘が鳴る。

「それでは始めてください」

エミリオが受験者を見回して言った。

この試験には侍女と女官がかり出され、テーブルごとに配置されている。

王城を好き勝手に歩かぬよう配慮されたのだ。

なぜなら、試験目的でない者もいるからだ。

エルネに留まらず、騎士に色目を使うために応募してきた低位令嬢もいれば、エミリオにすり寄る目的の高位令嬢もいる。王城に入ってみたいというある意味おのぼりさんのような者も存在する。

王城での試験とはそういうものだ。

さて、試験は滞りなく進む。

三つの作品ができた者から、試験官に渡して自席で待機になる。

早朝から始まった試験は、昼頃には半数以上が作品を仕上げていた。

フェリアは、その頃に11番邸にやって来た。

「サブリナ、ミミリー、めぼしい作品はあって？」

試験官の二人はどの作品にも手厳しい評価を下している。

フェリアは、評価表を見ながらあながち間違いでないと感心した。

「やっぱり、二人に任せて正解だったわ」

二人が自慢げに胸を張るのを見て、フェリアは笑ってしまう。

「あの……出来上がりました」

エルネが俯き気味に作品を差し出した。

フェリアへ憎しみのこもったあの瞳を向けてはこない。それどころか、しおらしく身を縮めている。

流石に学んだようだ。

「受け取りました。では、自席にお戻りを」

サブリナが言った。

きちんと試験官として働いており、高飛車な貴族令嬢の姿ではない。昔のサブリナならきっと、フンッと鼻先で指図していただろう。

エルネがフェリアを一瞬見たが、スッと瞳を伏せる。何か言いたげであったが、フェリアは無視した。

受験者一人に声かければ、全員にしなければならなくなる。公平性を保つにはそうする以外にない。

だから、フェリアは受験者を見ない。見るのは作品だけだ。

エルネは自席へと戻っていった。

「えっ!?　なんなのよ、これ……」

サブリナがエルネの作品をミミリーに渡す。

「やっ、無理よ！」

ミミリーが小さな悲鳴を上げて、作品を手から離した。

フェリアは、眉間にしわを寄せた。

刺繍には血が滲んでいる。お世辞にも上手とは言い難い。何度も指を刺したようだ。

「こんな血みどろの呪いの刺繍に評価なんてつけられないわ」

サブリナが言い、ミミリーもそれに同意する。

エルネの刺繍試験は最低点になりそうだ。

フェリアはため息を堪え、エルネの席に進む。

エルネは俯いたまま座っていて、フェリアに気づいていない。

「手を出しなさい」

フェリアは、エルネの頭上に声を落とした。

エルネがバッと顔を上げる。

そして、慌てたように片膝をついた。

「手を見せなさい」

エルネが躊躇しながら手を出す。

「血が出ているわね。手当てしましょう」

「いいえ！　大丈夫です」

「王城で試験を受けた者の手が血みどろでは、城外に出た際になんて言われるのか考えなさい」

フェリアはエルネを担当していた配置侍女に薬と包帯を持ってくるように指示した。

エミリオが近寄ってくる。

「すみません、想定外です」

刺繍の試験で指を刺す程度の受験者がいる想定などしていないだろう。せめて、最低限の実力がある者しか応募してこないのが普通だ。

目的が別にあったとしても。

「ごめん、なさい。ごめっ、んなさい」

エルネの声が潤む。

その謝罪がこの刺繍試験のことでないのは確かだろう。

その時、試験終了の鐘が鳴った。

「全員の作品が揃いました。合否はすでに出ておりますわ」

サブリナの声が全体に通った。

エミリオが戻る。

「荷物をまとめてください。名前を呼ばれた合格者は試験官から札を貰って、11番邸の邸宅に入ってください」

エミリオが次の指示を出した。

皆が持ち帰れる材料をまとめ出す。

「その手じゃ、汚すわね」

フェリアは、ササッとエルネに割り当てられた材料をまとめた。

「……どうして？　どうしてそんなに普通でいられるのよ!?」

エルネの押し殺した声は、荷物をまとめているざわつきで周囲に聞こえていない。

反発しているような発言だが、声色にその感情はなかった。

「……以上が合格者です！」

エルネの名は当然呼ばれなかった。

「手当てを終えたら退城なさい」

フェリアは、エルネの問いには答えず指示する。

普通じゃなく、怒ればいいのか？

エルネは怒られることをしたのだと自覚したのだ。そして、怒られに来たのだろう。そうすれば、発言の機会が得られると考えているからだ。

だからこそ、フェリアは普通にしている。

エルネのそれは甘えだからだ。

怒られることで自身が楽になる。怒られることで謝れる。怒られることで発言できる。

怒られることで、希望を口にできる。

挽回の機会が与えられる……だが、それが許されるのは仲間内だけだろう。

『私はビンズじゃない』

声に出さず、フェリアは態度で示す。

エルネ以外に落ちた者にも、声かけを始めた。

「あっ……待っ……」

エルネの感嘆がフェリアの背中に聞こえた。

しかし、振り返りはしなかった。


合格者は十一名。

明日からここ11番邸で仕事を始めることになった。

「通行証を配るわ」

フェリアは一人一人に手渡していく。

その後はエミリオに任せて、フェリアは11番邸を後にした。

「ゾッド、ハンカチに刺繍を刺したわ。刺繍品は特別な人に贈るものよね」

一般的に、婚約者や恋人に贈るものだ。

マクロンに会う口実のために、フェリアは刺繍入りのハンカチを用意していた。

「では、後ほどセオにでも届けさせましょう！」

ゾッドが王塔方向へ進むフェリアの前に立ちはだかる。

お側騎士や王妃近衛もゾッドと阿吽の呼吸で、フェリアを取り囲んだ。

「さあ、31番邸に戻りましょう」

「ゾッド、なんだかビンズのようね」

フェリアはポツリと呟く。

ゾッドの眉尻が少しだけ下がった。

ビンズの後任はまだ決まっていない。代理でボルグが兼任している。

「わかったわよ。もちろん戻るけれど、散歩がてら中庭経由で戻りましょう。ガーベラを少し摘みたいから」

ゾッドが少し思案してから道を開けた。

フェリアは中庭に向けて歩き出す。

その先で、見たくない光景を目にすることになるとは、この時は思ってもみなかった。

マクロンは、足早に外通路を歩く。

刺繍試験を口実に、フェリアに会うために向かっているのだ。

二人が内密に動いているガロンの件で、話し合える機会を逃せない。

「王様、中庭に不審者が」

近衛がマクロンに告げる。

マクロンは中庭を確認した。

「チッ、エルネではないか」

近衛にとっては、身元がハッキリしていても不審者だ。エルネは、王塔と王妃塔からしか行けない中庭にいるのだから。

「配備騎士や王城兵は何をしている⁉」

マクロンの怒声にエルネが気づき、外通路にいるマクロンに向かって呼びかける。

「ロ、じゃなくて、王様！」

マクロンは無言で睨む。

「あ、あの……」

「そこを動くな。一歩でも動いたら首をはねる」

マクロンの言葉に、エルネが硬直する。それと同時に、マクロンの指示を受けていた近衛がエルネの周りを囲った。

マクロンは、王塔に戻って階段を下り中庭に続く扉を開けた。

エルネは噴水の奥に隠れるように立っていた。

「どうやってここに入った？」

「ご、ごめんなさい。手当てをしてもらってから侍女の後をつけて、そしたら知らぬ間にここに」

つまり、配備騎士や王城兵は侍女の連れだと思ったのだろう。

王都でもエルネは見知らぬ者の後をつけて回るのが得意だった。それも、連れに見えるよう後をつけるのだ。

知らぬ間にではなく、王城を目指していたのは明らかだ。

女性騎士試験で王城のことはわかっている。知らぬ間になど通用しない。

「さっさと、放り出せ」

マクロンは近衛に命じて踵を返す。

「待って！」

マクロンは振り返らない。

「イアンを返してよ！」

足が止まる。

マクロンは振り返った。

「イアンを奪って、ビンズも簡単に捨て置いて、それがダナンの王様だっていうの⁉」

その暴言に、近衛がエルネを拘束しようとするが、マクロンは手で制した。

「お願いよ、もう私から奪わないでよ」

エルネがボロボロと涙を流した。

「イアンの命を奪ったのは、山賊だ。ビンズは捨て置いた。だが、命は奪っていない。もちろん、エルネお前の命もだ」

マクロンは、冷静に答える。

エルネの婚約者だったイアンは、ビンズと山賊退治中に亡くなっている。ビンズが兵士時代に背負った枷だ。

イアンも烈火団の仲間だった。そして、兵士仲間でもあった。烈火団からは、何人も兵士や騎士が輩出している。

マクロンもイアンとは一緒に遊んだ仲だった。

「私からイアンを奪ったのはダナンだわ。その借りを返してよ……ビンズにせめてこれを渡して。他は何も望まないから」

エルネがハンカチを差し出した。

「私、下手っぴだから、イアンに頼まれても断っちゃった。恋人の刺繍はお守りになるって知ってたのに、私、こんなだから渡せなかった」

マクロンは、差し出された刺繍のハンカチを見る。

エミリオから見させられた、フェリアの下手な図柄の下絵を思い出してフッと口元を緩めた。

穏やかな表情のマクロンの様子に気づき、エルネがここぞとばかりに話し出す。

「ちゃんと、わかってる。イアンの死は、刺繍のお守りがなかったせいじゃないって。ビンズのせいでもないって。誰のせいでもないって。でも、でもね。それでも思っちゃう。刺繍のお守りがあったら助かったかもって。せめて、国営領で大変な思いをしているビンズには、お守りを……山賊が、出、かも、ウグッウグッ、ズー」

エルネは泣き出してしまい言葉が続かない。

それでも、グッと顔を上げて想いを込めて言う。

エルネの瞳に力がこもった。

「お守りぐらい、渡してくれたっていいでしょ。何もビンズを騎士に戻してとは言ってないわ。私に与える機会はもうないことだってわかってるわよ！　でも、ダナンのために命を投げ出したイアンの婚約者だった私の願いを聞いてはくれないの!?」

エルネの心の叫（さけ）びに、近衛の一人がサッと引いた。

伝染（でんせん）するように近衛らが引いていく。

エルネが王を害する者でないと判断したからだ。

それどころか、自身と重ね合わせたのだろう。ダナンのために命を失った者への敬意だ。

「ビンズに渡しておけばいいのだな？」

エルネがコクンと頷（うなず）いた。

「わかった。預かろう」

マクロンはエルネからハンカチを受け取った。

それをフェリアが噴水越（ご）しで見ていたとも知らずに。


フェリアは、目前の光景を無言で見つめる。

マクロンがエルネからハンカチを受け取った。

近衛を介（かい）さず直接受け取ったのだ。

「フェ、フェリア様？」

ゾッドの動揺した声に、目前の光景が現実だと受け止めた。

噴水がなかったなら、会話も聞こえていただろう。しかし、水音がマクロンとエルネの会話を消していた。

少し近づくと、そのハンカチが刺繡入りであると目視できた。それも、エルネが刺したものだとわかる。血が滲んでいるからだ。

特別で大切な者に贈る刺繡入りのハンカチを、マクロンはエルネから受け取ったということになる。

「あ、あの……」

ゾッドが言い淀む。なんと声をかけていいのかわからないからだろう。

「フェリア様、こちらでしたか」

ペレがフェリアの背後から声をかけた。

刺繡試験の結果をマクロンに報告しに来たのだろう。

「いいところに来たわね、ペレ！」

フェリアは噴水の水音に負けないように声を張り上げた。

ペレが訝しげにフェリアを見る。

フェリアの声に気づいたマクロンらも、フェリアを見た。

マクロンが口を開くのを待たず、フェリアは発する。

「ペレ、良かったわね。王様は私以外をお望みのようよ。ほら、ご覧なさい。近衛公認で、エルネから刺繍入りの特別なハンカチを受け取ったわ。これで、ペレも安心でしょ？　後宮を早急に準備しなきゃいけないわね」

ペレがフェリアの奥にいるマクロンの手元を確認する。

「ほぉ、なるほど」

そこで、やっとマクロンがフェリアの言葉を理解した。

「誤解だ！」

マクロンがフェリアに近づこうとしたが、フェリアはスッと体を引く。

「フェリア！　違う、誤解だ」

フェリアはいっそうマクロンから離れた。

「浮気した男の人がよく言う台詞ですね。まさか、王様までもそうでしたか」

フェリアのマクロンへの呼称が変わっていることに気づき、マクロンが驚愕する。

「ここで忍んで会っていたのに、誤解なのですか？」

フェリアは中庭で幸せを噛み締めていた過去を思い浮かべて自嘲した。

「二人で私を嘲笑っていたのかしら？　後宮には女性騎士じゃなく、妃として上がりたかったから反発していたのね、エルネ」

「違っ、違います！」

エルネが必死に首を振る。

「フェリア、落ち着いて聞いてくれ。これは」

マクロンがエルネのハンカチを上げるが、フェリアは見たくなかった。

「私の刺した刺繍のハンカチ以外を持つ王様の手など、見たくないわ!!」

フェリアは、くるりと回転しふわりと上がったドレスに忍ばせていた鞭を手に取った。

一瞬の出来事だ。

ヒュンッ
鞭はマクロンとエルネを通り越し、中庭の大木に絡まる。

フェリアの体は宙を舞った。

「ついてこられぬなら、王妃近衛にあらず!」

フェリアは叫んだ。

マクロンはフェリアを追おうとするが、ペレが遮った。

その間にお側騎士らがフェリアを追う。

「ペレ、どけ!」

「フォフォフォ、良いではないですかな。側室をお望みのようで。身分はまあ……なんとか致しましょう」

ペレがエルネを上から下まで眺めて言った。

「だから、違うのだ！」

「フェリア様の言葉通りに私は動くまで。見事フェリア様をこのように貶すとは、エルネもなかなかやるものですな」

ペレが笑っていない瞳でエルネを見る。

「違います！　ちゃんと聞いてください。そのハンカチはビンズにと預けたの！」

ペレがチラリとマクロンの手を見る。

「預けた？　王様自らお手に取られております。近衛もそれを阻まなかったのでしょう？　それに、ビンズはもう王城におりませんぞ。こんな中庭の人目のある場所で、王様はエルネから直に刺繍入りのハンカチを受け取った！　何を言い訳なさることがあるのです？」

ペレがマクロンだけでなく近衛とエルネにも向けて言った。

マクロンはグッと唇を噛み締める。

近衛がペレの言葉に反応して、今さらながらにマクロンの手元にあるハンカチを回収した。

次期王妃であるフェリアに誤解を与えるような行動を取ってしまったことを悔いて、近衛が項垂れている。

どんなに共感しても、エルネの周囲を囲っておかなければならなかったのだ。エルネの希望を聞き入れてはいけなかったのだ。

近衛として、王の手に渡る物を何も介さず受け取らせるなどあってはならなかった。

「あの、王様」

中庭に文官が現れる。

「午後の予定が……」

「クソッ！」

マクロンは盛大に叫んで王塔へと歩いていった。

エルネが蒼白になって佇む。

「それで、お前は後宮のどの邸を望むのだ？」

ペレが冷めた視線でエルネに問う。

「いいえ！　望みませんから！」

「では、何が望みだったのだ？　笑わせてくれる。また試験を口実に自身の希望を通そうとしたのだな。女性騎士試験の時と何一つ変わっておらん。何一つ学んでおらん。お前の軽率な行動がどういう結果をもたらすか、いや、もたらしたかをよくよく考えよ」

エルネがペレの言葉に呆然とする。

「だって、どうしたら、どうしたら良かったたっていうの？」

「答えは何度も耳にしているというのに、どうしたら良かったのだと？　王城を退いていたら良かっただけじゃ！　誰もが皆お前に忠告したというのに、お前の耳は望む言葉だけしか聞こえぬのか!?」

　ペレの一喝がエルネを直撃した。

　同時に配備騎士がエルネを拘束し、引っ張っていく。王城兵に引き渡され、城外に放り出されることだろう。

　ペレが大きなため息をついた。


　翌日、マクロンからの文が朝一番に31番邸に届けられるはずだった。

「王様、申し訳ありません」

　文を託した近衛が頭を下げる。

「31番邸は門扉が固く閉ざされ、王妃近衛らが整然と並んでおりました。昨日の王様への非礼を悔い、次期王妃様自ら『謹慎』を課したとのこと。謹慎中の身なので、文は受け取れませんとの伝言を受けました」

　マクロンはグッと拳を握る。

「それでは、籠城ではないか!?」

拳がドンッとテーブルに落とされた。

もう昼過ぎだ。報告された時差に苛立つ。近衛が粘ったのは理解できる。だが、誤解されたままであることに、マクロンは苦い思いをする。

「再度、向かいます。昨日は、私どもの落度ですので。文は渡せなくても、門扉で説明してきます。人づてにでも必ず次期王妃様の耳に入るように致します」

近衛が悲壮な顔つきで下がった。

マクロンは窓辺から31番邸を見る。

「フェリア……」

自身が抜かっていたことは痛いほどわかっている。

イアンの名に振り返ってしまった。エルネの言うようにダナンの犠牲になったのは事実だ。だからといって、エルネに時間を割いてはいけなかった。

王が個別に誰かと会えば、周囲はどう見るか？

フェリアに指摘されたように、忍んで中庭で会っていたように見えただろう。それも、今となればわかること。

「失礼しますぞ、王様」

ペレが部屋に入ってきた。

「なんだ？」

あの時、ペレが足止めしなければ、誤解は解けたかもしれない。そんな気持ちが燻り、声に冷気が乗る。

「フォフォフォ、ご機嫌がすこぶる良いですな」

ペレらしい返しだ。

「お前は何がしたいのだ？」

マクロンは昨日のペレの行動に疑問を投げかける。

その場で説明すれば、誤解はすぐに解けたのだ。それを遮った理由はなんなのだと問う。

「ビンズがいなくなり、緩んでおりましたからな。誰かがやらねばならぬこと。けんかも誤解も乗り越えられぬなら、婚姻などできますまいに」

だからといって、このような事態になんの意味があるというのか、マクロンは冷たい目をペレに向ける。

「わざとしたのだな？」

ペレが首を横に振る。

「あの場に後で参上した私にできるわけありませんぞ。ただ、フェリア様の言葉には動かされました。王様も同じではないですかな？」

マクロンは悔しげに再度31番邸を眺めた。

『私の刺した刺繍のハンカチ以外を持つ王様の手など、見たくないわ!!』

その通りだろう。誰が、そんな光景を望むというのか。

もし、自分であったら？　サムがフェリアの髪からリボンを解いていたら……見たくないに決まっている。それがどんな誤解であっても、その場から立ち去りたい思いにかられるだろう。マクロンは心苦しくなる。

「さあ、まずは婚姻式の日取りを決めましょう。その知らせなら固く閉ざされた心も開くのではないですかな？」

ペレが、『候補日が残り二つに絞れました』と続けた。

マクロンは情けない顔でペレを見る。

「男前がもったいないですぞ」

ペレの言葉にマクロンはやっと笑みを作れた。

「お前には、昔から敵わない」

ここにいるのが、マクロンの教育係だったペレだからだ。

「エミリオのことも頼んだぞ」

「王様より、素直で助かりますな」

ペレがフォフォフォと笑う。

マクロンは、王城に忍んで出ていたやんちゃな自身を思い出す。あの時分は、素直に言うことを聞いていなかった。

「それを言われては、面目ない」

マクロンは窓辺から王都を眺めたのだった。


籠城三日目。

今朝も近衛騎士の懺悔から始まった。

フェリアは寝具を頭からすっぽり被る。うるさくて仕方がない。

この二日、夜通し刺繍したせいで、睡眠時間が少ないのだ。

『私どもの失敗なのです！　あのハンカチはビンズさんを思って、エルネが王様に託したものなのです！　誤解なのです！』

フェリアは寝具の中で丸まり、耳を両手で塞ぐ。

『次期王妃様ぁぁぁ』

「わかってるわよっ！」

フェリアはガバリと起き上がる。

「おはようございます、嬢」

ローラが細目でフェリアを見下ろした。

フェリアは口を尖らせる。

今、寝室にはフェリアとロ―ラだけだ。ロ―ラがフェリアを嬢と呼ぶのもそのせいである。

マクロンがビンズと二人だけの時と同じで、身分を度外視して友として接するように。

「で、私は何をすりゃいいさね」

ロ―ラがニヤッと笑った。

籠城時、ロ―ラとベルはちょうど31番邸に配備されていたのだ。

ベルは鎌研ぎ中だ。31番邸の農機具も刃がボロボロだったからだ。

ロ―ラはフェリアについている。

やっと女性騎士の態勢ができつつあった。籠城である意味実践中と言える。

「マクロン様に文を出すわ。それを運んでほしいの」

フェリアは刺繍したハンカチをロ―ラに見せた。

「ずいぶん大作だね」

大ぶりのハンカチの四つ角には精巧な刺繍が入っている。

「で、文は？」

フェリアはフフッと笑った。

「今から書くわ」

フェリアは紙を取り出すと、あっかんべーの顔を落書きする。

「嬢、その絵だけは格段に上手さね」

「何よ？　これ以外だって上手だわ、失礼ね」

フェリアに絵の下手な自覚はない。

「知らないよ？」

ローラが文とハンカチを受け取った。

「何が？」

「王様に愛想尽かされてもさね」

フェリアはクスクス笑う。

あっかんべーの横に『近衛がうるさいです』と付け足した。

「これでバッチリだわ」

ローラが肩を竦めた。


マクロンの元にフェリアからの文が昼過ぎに届けられた。

悲壮な顔で叫んでいた近衛が嬉しそうに、ローラをマクロンの元に案内した。

「どうぞ、こちらを。フェリア様からです。必ず返答をいただくように指示されております。どうか、よろしくお願い致します」

ローラが盆にのせた文とハンカチを掲げた。

「これを？」

マクロンはハンカチを手に取った。

本当は手渡したかったに違いない。それ以前に、ハンカチを贈ってくれたことに胸がいっぱいになる。

近衛たちも目頭を熱くさせていた。

ローラが文を見るように促した。

「どうか、お返事を」

マクロンは文を手に取る。封筒に入っておらず、四つ折りされているだけだ。

それを見たマクロンは、固まった。

付け足された文字にもフェリアの茶目っ気が溢れている。

次第にプルプルと手が震え出した。

「こ、これに返事をするのか？」

「はい、フェリア様からそのように承っておりますが？」

ローラがさも文の内容など知らぬふりで答えた。

マクロンは口角を上げた。

「お、王様？」

近衛がマクロンの様子を窺(うかが)う。

「返事を書こう」

マクロンはサラサラと描(か)く。

おしりぺんぺん
出来映(できば)えに満足げに頷いた。

背後に立つ近衛隊長に、あっかんべーとおしりぺんぺんの絵を見せる。

近衛隊長は、笑いを堪えるように口元を手で覆(おお)った。

だが、傍目(はため)にはそうは思わないだろう。マクロンとフェリアが仲直りしたことに感極(かんきわ)まっていると勘違(かんちが)いするはずだ。

今回の近衛の失態からすれば、そう見えてしまうのも頷ける。

そして、フェリアと同じように一文付け足した。

『近衛に注意する』

マクロンはチラリと背後の近衛隊長に目配せした。

マクロンの一文を目にした近衛隊長が涙目(なみだめ)ながら、静かに頷いた。

「ローラ、これを」

空になった盆にマクロンは四つ折りにした文を置いた。

「これだけですか？」

ローラがニマッと笑む。

「もちろん、ハンカチのお返しもしよう」

マクロンは颯爽と歩き出す。

「お、王様！」

近衛が慌ててマクロンを追う。

「ガーベラを摘むだけだ。ローラ、来い」

マクロンは中庭に下りると、黄色のガーベラと茜色のガーベラを摘んだ。

「朝陽から夕陽まで想っていると伝えてくれ」

マクロンは文の乗った盆にガーベラを置いた。

『近衛がうるさい』それだけで、フェリアの言葉の意味はわかる。誤解は、近衛の叫びで解けたのだ。

マクロンは、茶目っ気のあるフェリアの対応に脱帽する。自身が焦って出した文とは大違いだ。

『近衛に注意する』というマクロンの返しは、『近衛がうるさい』に対する返答でもあり、近衛を叱責するとの対応もかけている。だから、近衛隊長に目配せした。

フェリアもそれを『近衛がうるさい』に込めたのだろう。

もちろん、抜かっていたマクロンもフェリアから叱責を望む。いや、一番の失態はマクロン自身だから。

「我には、もったいない妃だな。だからといって、手放す気もサラサラない」

「一言一句漏らさず、お伝え致します」

ローラが盆を持って後宮へ向かった。

マクロンはすぐに役人に呼び戻される。

王間に戻り、しばらく経つとペレがやって来た。

「痴話げんかに発展したようで何よりです」

「まあな」

「さて、カロディアから香草が届きました。サシェ事業で使用する材料ですぞ」

事業部からカロディアに出荷を申し込んだ品だ。

「それで、カロディア領主からでしょう。納品された中に入っておりました」

ペレが文をマクロンに差し出した。

「検分はしたのか？」

マクロンは受け取らずに問うた。ハンカチの一件もあり、慎重になるのは当たり前だ。

「致しましょうか？」

ペレが文を開く。

「特に……問題はありませんな。時候の挨拶とガロン殿の状況でしょうか。ガロン殿が婚礼持参品を準備しているそうですぞ」

マクロンはペレの手から文を受け取る。

＊＊＊

――――ガロンから一カ月以上の放浪を終え、カロディアに戻ってくると連絡がありました。

フェリアの婚礼持参品を探し歩いていたようです。

カロディアでは、婚家に薬を持参品として用意する風習があるのです。

驚かせたいので、フェリアには内緒にしてください。

婚礼の日取りの連絡を待ちます。

リカッロ

＊＊＊

マクロンはできるだけ無表情を保つ。

文の内容を、フェリアと審議したい。フェリアとリカッロでどんなやりとりをしたのか、この文の真意を確認しなければならないだろう。

本当は、刺繍試験の日に近況を伝え合うことができたのに、マクロンのせいでお流れになってしまった。

婆やのリボンも頻繁には使えないし、リボンで伝えられる情報は少ない。しきたりを、互いの努力で越えなければいけないのだ。

文の内容の通りなら、それに越したことはない。

「王様？」

ペレの呼びかけに、平静を保ちながら頷く。

「婚姻式の日取りを決定したい」

フェリアに会いに行く口実になる。ペレもそれを了承しているのだ。

前回、長老らと協議したがなかなか決まらなかった。どちらの候補日も決定打に欠けていたからだ。

「絞られた候補日ですが、民の希望も訊いてはどうかとの意見があり、今集約しております」

まだ、時間がかかりそうだ。

「ペレ」

「駄目ですな」

「まだ何も言っていないが？」

「予想できますぞ。フェリア様に会いたいのは理解できますが、今は政務を進めてください。痴話げんかなら問題ないでしょう」

マクロンは不服そうにペレを見る。

「さて、私は王様が会えないフェリア様に香草の納品を知らせてきます。フォフォフォフォ」

ペレの退室をマクロンは恨めしげに見送った。やはり、ペレはビンズよりも手強い。

いつものように私室のソファに倒れ込む。

マクロンは、婆やが白湯を持って入ってくるのを待った。

「おやまあ、なんと情けない」

これもいつも通りの声かけだ。

仕事終わりの婆やの登場は変わらない。

「さてさて、一仕事しましょう」

「いや、もう世話などなくても大丈夫だ」

マクロンは起き上がり、白湯を飲んだ。

「婆には、フェリア様から頼まれた仕事が残っておりますのでな」

「フェリアから？」

婆やが、マクロンに向かって手を出す。

「ほれ、さっさとハンカチを寄越しなさい」

「は？」

「刺繍を解くように命じられました」

マクロンは眉間にしわを寄せる。

「命じた？」

「はい、文字を隠したそうです。検分を逃れるために」

マクロンはハッとして、ハンカチを懐から取り出した。

「あのように機転の利く王妃様はおりますまいなあ。婆は何が起こっているのかわかりませんが、きっと重要なことでございましょう」

婆やが珍しく、膝を折った。

「是非、お手伝いさせてくださいまし」

リカッロの文の内容通りではないようだ。きっと、文はフェリアとリカッロが仕組んだものだろう。

マクロンはハンカチを差し出した。

「ちゃんと、王様用には刺しておいでですよ。これは『初めてを奪われた意趣返し』だと伝えるよう頼まれました。けんかの収め方も秀逸ですね」

確かに、刺繍入りのハンカチをマクロンは初めて受け取った。しかも、エルネから受け取ってしまったのだ。

その事実は変わらない。

「参ったな」

マクロンは婆やが解き出したハンカチに、未練のこもった瞳を向けるしかない。解かれていく刺繍に心苦しくなり、マクロンはしばし視線を逸らした。

「解けました」

婆やがハンカチをマクロンへ差し出す。

「では、失礼致します」

婆やの退室を見送り、マクロンは四つ角の文字を読む。

ベルボルトで無事に三名合流、連絡あり
貴人の養子息ジルハンの仮面生活の理由は？

前王妃様が出血多量になった理由は？

双子（ふたご）、三つ子は同じ顔

無事の合流に安堵（あんど）するも、背筋を何かが這（は）う。

マクロンは何度も文字を読み返した。

四つのピースが指す唯一（ゆいいつ）の答えに体中の血が逆流する感覚に襲（おそ）われる。

そして、消された文字もマクロンは読み取った。フェリアが苦悩（くのう）したその文が、一番胸を苦しめた。


双子、三つ子は同じ顔　両親の死は同じ顔を知ったから？

マクロンは放心しソファにまた倒れ込むしかできなかった。

6 忠臣の真実

時はさかのぼる。

ネルの口を塞いだ男は、気を失った体を慌てて支え、担いで逃げる。

背後から、喚く声が聞こえる。獲物を横取りされ、追ってきているのだ。

ネルを担ぎながらも、男の足は速い。

暗がりの森に入り、息を潜める。

バタバタと足音が遠ざかり、男はホッとした。

「さてと」

ネルを横たわらせると、疲れが溜まっていたのか、寝息が聞こえてくる。

男はため息をついて、焚き火の準備を始めた。

もう、闇の刻だ。

「ん……、あれ？」

「やっと、起きたか」

「ひゃあ！」

ネルがあわあわと這って逃げようと足掻く。

「ネル、落ち着け」

男はため息交じりに言った。

「へ？」

ネルが男を見る。

「ビ、ビンズ隊長？」

「ああ、王様から密命を受けてネルを追っていた。すまなかったな、口を塞いで。脅かすつもりはなかったのだが、背後から不埒な輩がネルを狙っていて、咄嗟にああするしかなかった」

ネルがへにゃりと座る。

やはり、女性の一人旅は目立ったのだ。

「あ、りがとう、ございます。わた、私もフェリア様から密命を」

「ああ、知っている。二人でガロン様を追わねばならない」

そのために、ビンズは解任されたのだから。


ベルボルト領に到着した。

ガロンに何が起こっているのかわからないので、二人は隠密行動をしている。

ビンズは王城を出た時から無精髭を生やしているし、ネルは童顔を利用してビンズの妹になりすましている。

ここまでと同じように、ベルボルトでもガロンの痕跡を追った。

二人は、領内の診療所を回る。

三件目でやっとガロンの訪問があった診療所に辿り着いた。

「ああ、ガロンさんね。カロディア領のだろ？　俺は前カロディア領主と懇意だった。その昔話をしたかな。そんで、ベルボルト伯爵の屋敷の場所を訊ねられたから、教えたけど」

ビンズとネルは頷く。

「ああ、そうだ。貴人さんのところは気をつけろよ。間違えて入っちまったら、しこたま怒られるぞ。息子が病気だからって、過保護なんだよ」

診療所の老医師は呆れながら口にした。

ビンズとネルは、礼を言って診療所を出た。

「ガロン師匠のことだから、きっと診察に向かったんでしょうね」

ネルが呟く。

前王妃の死の真相は公になっていない。もちろん、ソフィアがカロディアと丸薬の取引を開始したことも。

「亡くなったご両親の、仕事の引き継ぎを始めたと聞いている。たぶん、それでベルボルトに来たのだと……」

ビンズは無難な返答をした。

二人はベルボルト伯爵の屋敷を望む。

屋敷は、領都ではなく郊外の空気の良い丘にあった。

その屋敷から、さらに丘を登った場所に、貴人の屋敷がある。

屋敷を確認した後、宿を取った。

ビンズは、今まで頑張ってきたネルを一旦休ませる。心身共に苦労したはずだ。足首も痛めたままだから。

「ビンズ隊長は？」

「ここからは、私が動こう。疲れた体を元に戻した方がいい」

ネルがホッと息を漏らしたのがわかった。

翌日、ビンズはネルを宿に留まらせたまま屋敷に向かう。

屋敷の裏手の丘から、地を這うように登っていく。

ベルボルト伯爵の屋敷を越え、貴人の屋敷に近づく。

「……やっぱり、ここか」

屋敷の裏手のヒッソリした場に、丸薬が天日干しされていた。おそらく、あの会合で見た丸薬だ。

「貴人は……何を企んでいる?」

ビンズは呟く。

診療所の老医師の言葉が頭に浮かぶ。

「過保護か……丸薬をもう手放したくないのだろう」

考えられることは、軟禁。

ガロンを手元にずっと置いておきたいのだろう。

前カロディア領主の死から、病状は悪化し『ノア』まで必要になったのだ。丸薬を作れる薬師をもう失いたくない気持ちの現れが愚行に走らせたのかもしれない。

「だからって」

ビンズは屋敷を見上げる。

すると、裏手の扉が開いた。

ビンズが身を潜めると、銀仮面を被った男が現れた。

「もう、十分あるのに」

貴人の養子息だろう。天日干しされた丸薬を見つめている。

表情はわからないが、声にはやるせなさが感じられた。

「あの薬師をどうしたらいいのだろう……」

「ジルハン！　やっと体調が戻ったばかりぇ」

扉からソフィアが現れた。

血相を変えてジルハンを屋敷に呼び戻す。

「少しばかり、外の空気を吸わないと不健全です」

「じゃがな、今日は風がある。心の臓がビックリするやもしれんぇ」

「はいはい」

ジルハンが屋敷に入っていった。

ビンズは、どうやってガロンを救出しようかと思案する。いや、ガロン自身の希望でここに滞在しているなら問題ない。ただ、連絡を出してもらえばいいだけだ。

しかし、ジルハンの口ぶりからして、ソフィアがガロンを軟禁しているのだろう。そうなると貴人の説得が必要になる。

「厄介だな」

ビンズは丘を下りた。

翌日もネルを宿に残してビンズはまた丘を登り、屋敷の裏手の物陰で身を潜めた。

昨日と同じ時間に、ジルハンが屋敷から出てくるかもしれない。彼なら説得できそうだ。穏便に済ますことも可能だろう。

裏手の扉がゆっくりと開く。ジルハンが顔を覗かせ、辺りを確認している。

まだ、出てこない。

ビンズはどうしたものかと、そのまま身を潜めた。

昨日とは違い、外には出ないようだ。そのまま扉が閉まった。

ビンズは、屋敷を窺う。

しばらく経つと、また扉が開いた。ジルハンがさっきと同じように辺りを確認している。

「さあ、出てください」

ヒョコッとガロンが現れた。

「すみませんでした。強引に引き留めてしまって」

「いや、別に問題ないさぁ。それより、仮面生活をずっと続けていくのかぁ？」

風がそよいだ。

ジルハンがゆっくり仮面を外す。

ビンズは、その顔に驚愕した。

「もう、あなたには見られてしまいましたからね」

「そりゃ、診察するからなぁ。あのさ、時々こうやって外に出た方がいい。体の倦怠感は、陽の光を浴びないからだぁ。太陽の光には元気成分が含まれているからさ」

ガロンには、どんな顔だろうが関係ないのだ。

脈を取ったり、舌を確認したりして、ジルハンを診ている。

「ありがとうございます。本当にお世話になりました。見つかる前に」

ジルハンがガロンを促す。

きっと、ソフィアに隠れてガロンを逃がしているのだ。

「俺の妹は、次期王妃様になるんだ。よろしくな」

「いえ、お目にかかることは」

「あるさ。こんな窮屈な生活をさせるような薄情者じゃないからなぁ」

ジルハンの瞳が揺れる。

「それは、儚い夢物語のようなことです」

ジルハンの声は風に消える。本当に儚い声だった。

ガロンが手を振って丘を下り始めると、ジルハンが短い見送りで、扉を閉めた。

ビンズは、身を潜めながらガロンの後をつけ、徐々に間を詰める。

「静かに」

ネルと同じように、ビンズはガロンを捕獲した。

違うのは、気を失わないだけ。

ガロンがウンウンと頷く。

ビンズはゆっくり手を離した。

「やあ、ビンズ隊長。なんだか男前な面になってるなぁ」

呑気なガロンの発言とは逆に、ビンズは周囲の緊迫した雰囲気を感じ取る。

ネルの時とは格段に違う手練れが二人の周囲を囲む。

「ありゃ、またかぁ」

ガロンが身構えた。

「また？」

「うん、何度も狙われているさぁ。ずっと蹴散らしてきたけどね。魔獣に比べたらなんともないからさぁ」

ガロンがそののんびりした雰囲気から感じられないほど、機敏な跳躍を見せる。

ビンズさえ、置いていくような動きだ。

体の急所を無駄のない動きで突いて、相手を叩き伏せる。

「一日ぐらいで痛みは取れるからなぁ」

ガロンが、蹲る輩に一声かけた。

「そんな悠長な声かけなどいりません。行きますよ」

ビンズは、ガロンを急き立てて宿に戻った。

「し、師匠ぉぉ」

ネルが鼻水を垂らして泣いている。

「うわっ、鼻かみなぁ」

ガロンがネルの鼻にチリ紙をあてがう。

ネルが思いっきり鼻をかんだ。

「さて、ゆっくりしていられません。王都に出発します。ガロン様、その方がよろしいですね？」

ビンズは、ジルハンの顔についてマクロンに伝えねばならない。そのためには、ガロンが必要なのだ。

ガロンがポリポリと顔を掻きながら、『見た？』と小声で問う。

「ええ、居りましたから」

ビンズとガロンの視線が重なる。

ブビィイイ
ネルがまた思いっきり鼻をかんだ。

「フェリア様に文を書かねば」

ビンズがそう言うと、ネルが折り目のついた紙を差し出す。

ビンズは首を傾げる。

「えっと、それを折ると封筒になります。その封筒の紙に本物の文を書いて出します。フエリア様からそうするように教わっております」

「そうか、大葉の薬液がフェリアの所にあるわけかぁ」

ガロンがウンウンと頷く。

「ビンズ隊長、とにかく文を書こう」

ネルが検分用の文をつらつら綴る横で、ビンズはガロンと共に本物の文を記す。

どういう仕掛けか、書いた文字は次第に消えていった。

「これは、一体？」

ビンズの戸惑う声に、紙が特殊なのだとガロンが告げる。

「大葉の繊維と、液体を吸収する魔獣の毛で作った紙でさぁ」

ビンズは感心しながら、文字の消えた紙を折り目通りに折り直し、封筒にした。

＊＊＊

フェリア様
ネルと無事合流し、ガロン様も救出できました。
貴人の養子息ジルハン様について、至急報告したいことがあります。
ガロン様の行方不明の原因でしょう。
ガロン様曰く、貴人の屋敷で軟禁されるまで、つけ狙われていたようです。

銀仮面に隠した『秘密の顔』のせいだろうと推察されます。
これから、王都へ向かいます。
腐り沼で待機しておりますので、王様にお伝えください。

ビンズ

＊＊＊

ネルから久々の文が届いたのは、刺繍試験日の早朝だった。

もちろん、検分用の文は至って普通の報告だ。薬華農家の農作業を手伝って、対価として種を仕入れたとか、そのせいで全身筋肉痛になり、数日寝込んだとか、まあ読んでいて楽しい文であった。

侍女や女官らには好評だ。冒険録を読んでいるような感覚だろう。サブリナとミミリーがなぜか目を輝かせていた。

「ほら、試験官なのだから、さっさと行きなさい」

フェリアに急かされ、二人は11番邸に向かった。

私室に入り、本物の文を確認する。

フェリアは、『やっぱり』と呟いた。

マクロンに知らせなければならない。

しかし、それはエルネのハンカチの一件で頓挫し、数日後、フェリアのハンカチでマクロンに伝わった。

マクロンは放心してソファに倒れ込んだのだ。

籠城四日目。

フェリアは待つ。

それ以外にもう打てる手はない。

後はマクロンが決めることだ。

フェリアは優雅に外のティーテーブルでお茶を嗜む。

まだ、籠城のまま門扉は閉まっている。

それを眺めているのは、やはり待っているからだ。マクロンの決断を。

その時、門扉を横切る影が見えた。

いや、門扉の両端から邸を覗く二人を確認できた。

「目立ちますね」

ゾッドが棒読みする。

「ええ、あれはないわ」

フェリアも棒読みで返した。

「鼻の下で結ぶほっかむりなんて、コソ泥の風貌よ」

「それも二人ともですから、どこでどのような影響を受けたのやら？」

ゾッドがやれやれと肩を竦めた。

「どう致しましょうか？」

「そうね、このまま見学していたら面白いかもしれないけれど、王城兵に連行されたら大変だから入れてあげて」

「ですよね」

ゾッドが指示を出す。

王妃近衛が駆けていった。

勢いよく入ってきたサブリナとミミリーが、フェリアに腕を絡ませた。

「フィーお姉様、少々お話が」

サブリナが密着を強める。

「ええ、リア姉様、同じ女性としてのお話ですわ」

ミミリーがゾッドに目配せしながら言った。

だが、ゾッドが二人に気を許すことはない。

「フェリア様への悪影響を考えますと、到底三人だけにはしませんよ？」

ゾッドが二人に圧をかける。

「そう、ならいいでしょう」

サブリナが言うとミミリーも頷いた。

ミミリーが口を開く。

「説明致しますわ。婚姻前の女性が通常通る道をまだフィーお姉様は通っておりませんの。だから、その辺りをどうするのか決めるのですわ！」

ゾッドがよくわからないといった表情で首を傾げた。

サブリナが苛つく。

「鈍感もほどほどにしてください。婚姻前の女性が通る道とは、『初夜の心得』ではないですか！」

ゾッドの顔が瞬時に赤くなる。周辺の騎士の顔も同様だ。いや、動揺か。

「さあ、行きましょう。ゾッドも来たいなら拒みませんことよ」

サブリナがゾッドの鼻先に指を差す。

ゾッドが『ウグッ』と喉を鳴らして後退した。

「お、お任せ致します」

こうして、フェリアは二人に連行されるように私室へと入った。

ローラがシレッとついて入っている。

「……まあ、いいわ。あなた、カロディアの者よね？」

サブリナがローラに声をかけた。

「はい。それなりに事情を知る者です」

サブリナが確認するようにフェリアに向く。

「ええ、そうよ。ネルがいないから二人に秘密のお使いを頼んだと、ローラとお側騎士に伝えてあるわ」

「まあ、そうでしたの？　私ったら、鼻先の指差しまでご披露してしまいましたわ」

サブリナが頬を赤らめた。

秘密のお使いがばれないよう、頑張ったのだろう。

フェリアはクスリと笑った。

「それで、外の世界はどうだった？」

サブリナとミミリーの顔がパッと華やぐ。

「私、村という単位を初めて経験しましたが、なんともミニチュアでいて洗練されていますのね」

サブリナの表現にフェリアはブッと笑った。

村を単位で表現するなど、そこはかとなく令嬢らしい。

「私もびっくりしました。お人形部屋に迷い込んだようで、ワクワクしましたわ」

今度はローラがブホッと噴き出す。

普通に聞いていたら失礼極まりないが、この二人なら許せてしまう。

「密命完遂致しましたわ！」

サブリナがミミリーに合図を送る。

ミミリーは縦巻きロールをおもむろに解いた。

縦巻きの中に忍ばせていた文が出てくる。

「カロディアからの文になります。薬師からしかと受け取りました」

サブリナとミミリーが深く膝を折った。

フェリアは文を受け取る。

「二人に感謝します。今後も事業部でその腕を発揮してください。期待しています」

今の言葉は次期王妃としてのものだ。二人が臣下であると認めたのだ。

サブリナとミミリーが表情を崩す。手を取り合って感極まっていた。

密命がよほど気に入ったのか、二人は次もやらせてほしいと散々アピールして31番邸を出ていった。

雰囲気を味わうためだと、鼻下結びのほっかむり姿のままである。

騎士らが笑いを堪(こら)えているが、二人はお構いなしだ。

フェリアは窓辺からそんな二人を見送った後、文を開く。

＊＊＊

フェリアの指示通りの文言で文を香草の荷物に入れた。

偽(にせ)のガロン（セオ）は準備万端(ばんたん)だ。

リカッロ

＊＊＊

フェリアは文をたたみ、私室を出た。

「ゾッド、お使い成功よ」

ゾッドが鼻をポリポリ掻きながら近づく。

「あの二人は苦手です」

フェリアはプッと笑った。

「そう……なんて言うか、王様とフェリア様のような」

お側騎士の一人がそう続ける。

「二人揃うと、質が悪いというやつですね」

ゾッドが納得して頷いた。

「ちょっと！」

フェリアは心外だと言わんばかりだ。

「それで、あの騎士はカロディアに到着しましたか？」

ローラが言った。

「ええ、予定通りガロン兄さんに化けているわ。きっと敵は狙うはず……秘密を知った者をそのままにしておけないから」

セオがカロディアに向かったのは刺繍試験の日だ。マクロンとエルネを見て、籠城したあの日である。井戸からどさくさに紛れて抜け出したのだ。

フェリアがお側騎士や王妃近衛を従え、刺繍試験と中庭に向かっている最中に、封鎖されていた井戸の避難経路をセオとローラで開通させていた。

ネルの文、つまりビンズからの知らせで、フェリアはお側騎士とローラに、一連の件を伝えていたのだ。

セオがいないことを隠すために籠城を決行した。いつもはセオが運ぶ文を、ローラが運んだのは、そういう理由である。

セオには二つの密命を課した。一つはリカッロへの文。もう一つは偽のガロンになること。

「死の真相は一つだけじゃなかった。両親の死についてはまだ明かされていないわ」

フェリアは門扉を見る。

待つしかもう手はない。

全て明かされる時を……。


籠城七日目。

『ガロン崖下（がけした）に転落』

その知らせは、カロディアから早馬で届けられた。

マクロンの元には今、二つの情報がある。

婆（ばあ）やを介（かい）して、フェリアから伝えられた、『無事に三名合流、連絡あり』とのもの。つまり、ビンズはネルとガロンに無事合流し、その知らせはフェリアに届いたとのもの。

そして、『ガロン崖下に転落』の知らせ。四日前、ガロンが放浪（ほうろう）を終えカロディアに向かうという内容の文を、リカッロから貰った後の知らせだ。

マクロンは足早に31番邸へ向かった。


「え？」

フェリアが信じられないとばかりに固まる。

「今、なんと？」

マクロンは瞳を一瞬伏せた。

そして、再度ゆっくりと告げる。

「ガロンが崖下に転落したと連絡があったのだ」

「う、嘘、嘘ですわよね？　どうして、そんな嘘を？」

マクロンは静かに首を横に振る。

「崖下に引っかかっているマントを確認している。雨の道で足を滑らせたようだ」

「嘘よ!!」

フェリアが叫ぶ。

「フェリア」

「嫌、嫌よ！　聞きたくない！　聞きたくないわ！」

フェリアが耳を塞ぎ駆け出した。

「待て、フェリア！」

門扉に向かって走り出したフェリアをマクロンは捕まえる。

「やだぁぁ！」

フェリアは大きく叫ぶと、そのまま気を失った。

「フェリア‼」

マクロンはフェリアを抱き留める。

「邸宅へ」

ゾッドが言った。

「ああ、わかった」

マクロンは、フェリアを横抱きにして邸宅に入っていった。


「すまない」

マクロンはフェリアの髪を撫でる。

ベッドに横たわるフェリアの顔色は……ずいぶん良い。

「そろそろ、起きてくれないか？」

マクロンはフェリアにデコピンした。

「迫真の演技でしたでしょ？」

フェリアがガバッと起き上がった。

マクロンは苦笑（くしょう）する。

「やはり、偽の情報だったか」

マクロンはわかっていた。

ガロンがカロディアに向かう旨（むね）の文の後に、転落など話が出来すぎている。

「やはり、周囲に気をつけろというのが正解だったわけだ」

ガロンを狙う者は、周囲にいたことになる。

文は、封筒にも入っておらず、誰（だれ）にでも見られるように届けられた。関所から何度も検分されたことだろう。

「刺繍試験の早朝に、途絶（とだ）えていたネルからの文が届きました」

フェリアがマクロンに文の内容を話した。

「それで、セオを井戸から出して、カロディアに向かわせました。リカッロ兄さんに、ガロン兄さんをつけ狙う者を誘導（ゆうどう）するための文を王城に出してもらったのです」

「やはり、そうだったか」

マクロンは頷いてフェリアに続きを促した。

「犯人は、カロディア周辺でガロン兄さんを待っていたはずです。そして、こちらが用意したガロン兄さんの偽物を狙った。本物のガロン兄さんは王都に向かっているとも知らずにね」

マクロンはカロディアから届けられた『ガロン崖下に転落』の文をフェリアに見せる。

この文はきちんと封筒に入れられていた。

「これ、本物は封筒の方なのです」

フェリアがニッと笑う。

「この方法でネルの文も届くのです」

封筒を、フェリアが薬壺に入れた。

マクロンは薬壺を覗き込む。

封筒は次第に糊面が開いていき、四角い紙になる。

「これを火に炙ると……」

フェリアが暖炉に湿った紙を近づけた。

＊＊＊
ガロンに扮したセオは無事。

崖下に落ちたのはマントのみ。

吉報を待つ。

リカッロ

＊＊＊

「誰も犠牲にはなっていないのだな」

マクロンはホッと一安心する。

トントン
扉がノックされた。

マクロンはフェリアに目配せする。

フェリアはベッドに横たわって、目をつむった。

『王様、ペレです』

一報を耳にし、31番邸にやって来たのだろう。

マクロンは扉を少し開けて、ペレに対応した。

「フェリア様は？」

マクロンは首を横に振る。

「休ませている」

そう言って、寝室を出る。

「サロンで話そう。ローラ、頼む」

控えていたローラをマクロンは指名した。

一連のことを知っているのは、お側騎士とローラだけである。

きっと、フェリアの演技は見抜いているはずだ。

サロンでは、お側騎士が待機していた。

邸宅内に騎士が踏み入ることのできる場は、サロンと調理室だけである。私室、寝室には入ることはできない。それが妃邸というものだ。

だからこそ、女性騎士が必要なのだ。

マクロンは、サロンの応接ソファに座る。

「ペレ、頼みたいことがある」

「なんなりと」

ペレが深く頭を下げた。

「後宮を閉鎖し、フェリアを王塔に移したい。いや、決定事項だ」

「それは」

ペレが反論しようとするも、マクロンは手で制す。

「フェリアは、さっき後宮を出ようと駆け出した。一報を信じたくないのだ。カロディアに行って確かめたい行動だろう。この邸は一番城門に近く、城壁にも近い。フェリアなら容易に突破できよう。私は……軟禁も辞さない」

マクロンは強い意思を示すように、瞬きせずペレを見つめる。

「……後宮全部を閉鎖するのですか？」

「フェリアはもう王城を熟知している。後宮なら、私よりも知っていよう。王塔側のみなら、鉄壁の守りができる」

「軟禁でなく、監禁ですな」

ペレの顔が渋く変わった。

「他に方法があるなら言ってみろ」

マクロンはすかさず言い返した。

「私が王でないなら、フェリアと一緒にカロディアに向かっていた。いや、私自身もそう望むから、後宮を閉鎖しフェリアを手元に置くのだ」

ペレが観念する。マクロンの言葉を覆すことは困難だろう。マクロン自身もカロディアに向かいたい胸の内を吐露されたなら、王塔にフェリアと共に置いた方が……言葉は悪いが監視できる。

マクロンが自身に課す監禁と同じだ。

「了承を取っておきましょう」

ペレだけで許可することはできない。長老や他のペレもいる。

だから、マクロンは頼んだのだ。

「一週間の籠城で皆疲れていよう。王妃近衛や専属女官と侍女らは休養を指示する。邸の管理に数人は必要だな。ローラとベル、薬草係に後宮の管理を任せよう。お側騎士は通常勤務だ」

ゾッドらをフェリアから離すことはない。本人らも希望するところだろう。今までの経緯からして、お側騎士がフェリアの傍を望むのは明らかだ。

そして、6番邸と11番邸、31番邸は、完全な閉鎖はできない。薬草関連の施設になっているからだ。世話をしなければ、薬草は枯れてしまう。ローラとベル、薬草係に管理させることは妥当な判断だ。

「王様、早急にお決めにならないでください」

ペレが慌てて口を挟む。

ペレにしてみれば、他のペレと足並みを揃える時間が必要だ。

「だから、頼んでいるのだ。お前は、調整力が高いから」

それを見込んで、妃選びの担当になってもらった。

「かしこまりました。では、すぐに対処致しましょう」

ペレが下がる。

マクロンは、ペレが邸宅を出ていったのを確認し、寝室に戻った。

フェリアに後宮閉鎖を告げる。

「なるほど。そうなれば、腐り沼の森からここに移動できますね」

ビンズらのことだ。

「ああ、後宮が封鎖されれば、井戸からの出入りに支障がない。セオの時と同じだ」

マクロンは控えているローラを見る。

「この邸の管理を任せる」

ローラが膝を折った。

「お任せを」

その日のうちに、後宮は閉鎖され、いつもは活気のある後宮が沈んだようになった。管理に数人しかおらず、灯りが乏しい。

6番邸をベル、11番邸を薬草係数人、31番邸をローラが担当している。

マクロンは王塔から乏しい灯りを眺める。

王妃塔側の後宮とは違い、王塔側は慌ただしい。

二十四時間態勢が取られたためだ。

「王様、準備が整いました」

近衛隊長が告げる。

マクロン側で、この事態を知っているのは、近衛隊長といつもマクロンに侍る数名の近衛だけである。

「お側騎士がこの場を離れなければ、ここにフェリア様がいると周囲は思いましょう」

近衛隊長が言った。

「少しの間、頼んだぞ」

ゾッドらが『はっ』と返答した。

マクロンは、近衛隊長と数名の近衛、お側騎士一名を引き連れて31番邸に向かった。

中庭から抜ける最短のルートで進む。

城門前の広場から後宮の扉を解錠して中に入った。

「はぁー」

そのひと息はマクロンの背後から出た。

近衛に囲まれたお側騎士である。

そう言いながら、マクロンはお側騎士を覗き込んだ。

「もう、いいぞ」

「ち、近いです！」

騎士が頬を赤らめる。その正体は、短髪のカツラを被り、お側騎士セオに化けたフェリアである。

「さて、奴に会いに行こう」

「きっと、王様を待ちわびていましょう」

フェリアがフフッと笑いながら言った。

「今日はいつから三十一日になったのですか？」

ビンズの言葉である。

マクロンはフェリアと顔を見合わせ笑い出す。

「何を言っている？」

マクロンはフェリアと目配せする。

「私はセオです」

フェリアが騎士服でクルンと一回りした。

「どこからどう見ても、騎士ではないか」

マクロンがビンズの肩に腕をのせた。もちろん、ポイッと払われる。

「どこからどう見てもフェリア様ですよ」

ビンズが呆れながら言った。

マクロンとフェリアは笑う。

「ガロン兄さん、崖下に落ちたって連絡があったのだけど、どうしてここにいるのかしらね？」

フェリアはすっとぼけて言った。

「え？　俺って、今どういう状況なんだぁ？」

ガロンが笑っている。

「ネル、ありがとう。あなたのおかげよ。こうして、皆無事なのは」

ネルが突如ウワーンと泣き出した。

フェリアはネルを労る。

「ビンズ、すまなかったな」

マクロンはまたビンズの肩に腕をのせる。

今度は振り払われなかった。

「いいえ、私は王様の手足ですから、当たり前のことです。私こそ、安易に首をかけたこと……万死に値します」

ビンズが俯く。

「ちゃんと、相応の首を持って帰ってきたから許すわ」

フェリアがガロンを見る。

「ああ、その通りだ。狙われた首を……ここまで連れてきてくれた。よくやった、ビンズ。わざと解任されるなど、お前にしか頼めぬことだったからな」

ビンズの瞳が少しだけ潤んだ。

マクロンがビンズの肩をポンポンと叩く。

ビンズの解任は、マクロンとフェリアで決定していたが、それはあくまでエルネの暴挙を、ビンズが最後まで庇(かば)ったならだった。

わざとであり、わざとではない。

ビンズにしてみれば、密命を受けるまで解任は事実だった。いや、今この時においても事実だ。実際、最後までエルネを庇ったのだから。

イアンを庇えなかった代わりに、エルネを庇ったのだ。

ビンズはエルネに固執(こしつ)していたわけではない。イアンを救えなかった後悔(こうかい)に囚(とら)われていた。イアンを救いたかった一心が、エルネを庇うことに繋(つな)がったのだ。

ビンズは、エルネにイアンを重ねていたのだろう。

「とりあえず、31番邸に」

フェリアが皆を労るように言った。

マクロンの元に忠臣(ビンズ)が戻ってきた。


31番邸に、ガロンとネルを匿(かく)う。

「ありゃ、生きてた。残念さね」

ローラがガロンを茶化した。

「そう、生きてたさぁ。同じ顔がね」

ガロンがフェリアとマクロンを見る。

二人は同時に頷いた。

「どういうことなのでしょうか？」

ビンズが問う。

その様子を判断し、ローラが夜食を準備すると言って、ネルを連れて出ていった。

「……ローラは完璧ですね」

ビンズが呟いた。

エルネにも望んだ姿だったに違いない。

「ガロン、何があったか話してくれ」

マクロンが言った。


王城を出て、つけ狙われながら、ガロンはベルボルトを目指した。

今、思えばベルボルト行きを阻害するような感じだった。

ベルボルトに近づくにつれ、つけ狙いが顕著になっていく。それでも、ガロンはさほど気にも留めず、ベルボルトへ向かったのだ。

拉致寸前で、貴人の屋敷に逃げ込んだ。

屋敷では、本来の目的であるジルハンを診ようとしたが、のらりくらりとかわされて、数日診ることができなかった。

しかし、深夜に偶然本人と鉢合わせし、顔を見てしまった。

そのことに、貴人が気づきガロンは地下室に軟禁された。

つけ狙いは貴人の仕業かもしれないと思った。『秘密の顔』を知られたくないから、ベルボルト行きを阻害していたのではないかと。

丸薬を作って過ごし、貴人がベルボルト伯爵夫妻とお茶をしている間に、ジルハンがこっそりガロンを逃がしてくれた。

丘を下りるとビンズに捕まり、脱走が知られたのか手練れに襲われた。蹴散らして、ビンズとネルと一緒に王都に向かったのである。

「そんな流れです。王都に向かう際には、つけ狙いはなくなりました」

「ああ、それは、フェリアがカロディアに誘導したからだ」

マクロンは、チラリとフェリアを見た。

フェリアが王城での動きを話す。

「ガロン兄さんの行方不明が、いつもの放浪かどうか判断しかねたから、まずネルを出して痕跡を追わせたの。一カ月が過ぎて連絡がなかったら、マクロン様に知らせようと決めて。王城ではちょうど騎士試験があって、まあ色々ビンズがやらかして、解任の体を装ってネルを追わせた」

そこで、フェリアはビンズを見た。

ビンズが目礼する。

「ビンズから二人と合流した旨の文が届いて、すぐカロディアにお側騎士のセオを向かわせたの。リカッロ兄さんに、放浪しているガロン兄さんから連絡があって、もうすぐカロディアに向かうって文を出してもらうために。そして、セオはガロン兄さんに化けて、犯人を待った。今朝、ガロン兄さんが崖下に転落したっていう知らせが届いたわ。フフ、目の前にいるのにね」

ガロンが肩を竦めた。

「ガロン兄さん、エミリオと同じ顔だった？」

フェリアは訊いた。マクロンが一番訊きたいことを。

「ああ、確かだぁ。それが『前王妃様の死』と『両親の死』の理由だろうなぁ」

ガロンの眉尻が下がる。

フェリアも弱々しく笑みを返す。

「父と母は、貴人の養子息ジルハンに丸薬を処方していた。きっと、懇意にしていたと思うわ。だけど、その関係は思わぬところから綻び始める。美容品の納品で、父と母はゲーテ公爵家に通うことになった。そこで、偶然エミリオに出くわした。『ジルハン様、どうしてこちらに？』エミリオがそう声をかけられたと覚えていたの」

ガロンが『そうか』と呟く。

「父と母は、『秘密の顔』を知ってしまったのかぁ。なるほどなぁ……きっと、ベルボルト帰りだったんだな、崖下に転落したのは。俺のようにつけ狙われたんだろうなぁ」

意図的かどうかは別として、転落の原因は王家にあったのだ。

「フェリア……すまない」

マクロンが苦しげに声に出した。

「王家の血のせいで、ご両親が犠牲になった。すまない」

マクロンが項垂れる。

「恨まれても仕方がない。いや、王家を恨むことが普通だろう。ましてや、ご両親を犠牲にした血筋と婚姻するなど……」

マクロンが、31番邸になかなか行けなかった理由だ。

両親の死の原因は、王家の密事にあったのだから。

フェリアに拒絶されないか、冷たい目を向けられないか、いや憎しみのこもった目で見られるかもしれない。愛しい者の口から、一番聞きたくない言葉を浴びせられるかもしれない。

これから曝かれる真実は、二人を引き裂くものになるかもしれないと、二の足を踏んだのだ。

いや、二人の間ではもう真実は見えている。

ハンカチの四つ角から導かれる答えは一つしかないのだから。

「私、一般的に言われているあの台詞、大嫌いなんです」

会話を逸脱するような発言に、マクロンやビンズ、ガロンがフェリアを見る。

扉を守る近衛隊長らも、思わずフェリアに視線が動いていた。

「『悲しみは分かち合い、喜びは二倍になる』……苦境に陥った恋人たちが、さも言いそうな台詞」

フェリアは、心底嫌そうな顔で言い放った。

「両親の死の悲しみを分かち合うなんてしたくない。大事な人を失う悲しみを半分にしたら、大事だった気持ちも半分にしちゃうことになるもの。そんなことをして、楽になんてなりたくないわ」

「フェリア？」

「マクロン様、私は悲しみを背負ってほしいなんて思わない。私の悲しみに、マクロン様は立ち入れない。ましてや悲しみを恨みに変換するなんて、絶対にしたくない。それも、自身を楽にする行為に他ならないわ」

フェリアは堂々とマクロンを指差した。

「いつから、マクロン様は私になったのです⁉　『王家を恨むことが普通』ですって！　私、普通じゃありませんから。そして、マクロン様も普通じゃありません。目指す域は、『二人で一つでなく、二人いるなら二人分の力』。手を取り合って、支え合い補い合うなんてまっぴらゴメンだわ。……謝罪は受けない、許しもしない」

フェリアはマクロンを見つめる。

マクロンが大きく息を吐き、目を閉じた。

「悲しみも喜びも分かち合うことはしない。それは個のものだから。私の苦しみは私のもの。フェリアに許しを乞うことで楽になろうとしたのだな」

マクロンの目が開く。

「感情を誰かに向けることは、自身を楽にする行為か。確かにそうだ。感情は己が越えるべきもの。苦しいからと助けを乞う、悲しいからと誰かに支えてもらおうとする、憎いからと相手を恨む、誰かに自身の感情をあてがうことで普通は精神を保っているのかもしれない」

フェリアは胸に手を当てる。

「私は、全身全霊（ぜんしんぜんれい）で悲しみを受けたい。苦しくなる胸も自分で受け止める。雷雨（らいう）で何度倒れたって、雷雨から逃げたりしたくない」

フェリアは胸に手を当てたまま、マクロンを見つめる。

「両親に死をもたらした原因が、私の心を苦しめたって、それは私が越えるべきことだわ。マクロン様に助けてもらおうなんて思わない。自分から恨まれる対象に名乗りを上げないで。私を安易に楽な道に誘（さそ）わないで！　私は一番困難な道を越えていきたいから」

マクロンの胸が熱くなる。いや、その場にいる誰もが胸を熱くした。

「フェリア……」

マクロンが思わずフェリアを抱（だ）き締（し）めた。

「ああ、一番困難な道を乗り越えた先に未来が広がる。私も私が一番困難な道を歩もう」

フェリアはマクロンの胸で頷く。

「エミリオに真実を伝えましょう」

それは避（さ）けられぬことだ。いつか明かそうとした真実は、もう明かされねばならなくなった。

「ああ、そうだな」

マクロンの声が少し震（ふる）えていた。

翌日、政務の合間を縫って、マクロンは備品倉庫に向かう。

目的は銀食器だ。エミリオに真実を話すなら、必要なものだ。

マクロンは備品倉庫の役人に声をかける。

「X倉庫に用がある。ハンスはいるか？」

「本日は休みですね。……数日休暇を取っています」

役人が出勤簿を見ながら言った。

「何か、入り用ですか？　ハンスがいなくても、目録が中にありますから探せます。手が必要なら」

「いや、いい。近衛がいるから問題ない」

役人が誰か呼ぼうとしたが、マクロンは断った。

「そうですね、近衛の方が秘密保持できますから安心です」

元々、X倉庫は限られた者しか知らない倉庫である。王族の私物や、曰く付きの品が収められている。

マクロンは、役人に礼を言い奥へと進んだ。

壁のように描かれただまし絵の隠し扉を開ける。近衛隊長のみマクロンと一緒に入り、他の近衛は扉前に待機させた。

マクロンは母のノートの棚を見た。そこには小箱とノートが一緒に保管されている。

「銀食器はどこにあるのでしょう？」

近衛隊長が倉庫を見回した。

「目録帳を見れば……」

マクロンは奥のテーブルにそれを見つける。

「あれだな」

作業の途中であったのか、目録帳は開いていた。

マクロンは銀食器の項目を探す。

「目録十二と四十五。偽物と本物で番号を違えたのだな」

目録はまだ詳細が記されていなかった。本来なら、由来が記されるがペレの処理は終わっていないようだ。つい先日真相が明かされたばかりで、追いついていないのだろう。

いや、さらに真相は加わることになる。

「あの棚のようです」

近衛隊長が指差した。

そこには同じ箱が並んでいた。

「ああ、あれだ」

マクロンは、本物の方を近衛隊長に持たせた。

「さて、行くか」

これで、エミリオに告げる準備が整った。

マクロンはホッとひと息し、倉庫を出ようとしたが、やはりノートと小箱が気になった。

「王様？」

「これも持っていこう」

マクロンは母の想いを手に取る。エミリオに告げるなら、この二つもあった方がいいだろう。

「そうですね」

近衛隊長が穏やかに頷いた。

フェリアが母の料理をマクロンに振る舞ったのは、皆の知るところだ。マクロンの誕生日の贈り物だったから。

そこで、マクロンはハッとする。

『ノートは貴人が持っていた。それは……フェリアのように、その料理を振る舞うため。もう一人のエミリオに母の味を食べさせるためだったに違いない』

マクロンは唇を嚙み締める。

「行くぞ。もう思い通りにはさせん」

マクロンは苦しみを覚悟した。


夜半。

「兄上」

エミリオがマクロンの私室に入る。

「姉上は……」

奥の寝室の扉を見ながら呟いた。

「大事ない。いや、問題ないでもないな。どう言ったらいいか」

マクロンは寝室の扉をおもむろに開けた。

フェリアが暖炉で芋煮を作っている。

「あ、ねうえ？」

エミリオが目を瞬く。

「ああ、エミリオいらっしゃい。もうすぐ、芋煮が出来上がるわ」

「ということだ」

マクロンがクッと笑った。

「どういうことです⁉」

エミリオが叫んだ。

エミリオがふて腐れた顔で座っている。

「心配したのに」

「ええ、大事な姉ですから、そうでしょうね」

フェリアがすかさず返す。

「ちゃんと！ ちゃーんと説明してくださいね」

エミリオがマクロンとフェリアをギロッと睨んだ。

「ああ、エミリオに明かすことがあるから呼んだのだ」

マクロンは、エミリオと対峙した。

「兄上？」

マクロンの真剣な様子に、エミリオが戸惑う。

マクロンは、静かに話し出した。

「この銀食器が始まりだ」

マクロンは、今までのことを全て明かした。

母の死のこと、父の復讐劇、そして、今回のこと。

　エミリオが銀食器を眺める。

「こ、れ、これで、ずっと食事を、してきました」

　本物の銀食器は、エミリオの元にあったのだ。先王が唯一エミリオに持たせた物であり、ゲーテ公爵はその意図を察し、この銀食器でエミリオに食事を出していたのだろう。

「つまり、えっと……私に弟がいるということでしょうか？」

「ああ、お前だけじゃない。私たちに弟がいるということだ。お前と『同じ顔』なのだからな」

　それが意味することを言葉で表せば自ずと答えが出る。

「双子の弟？」

　エミリオの目から涙が溢れた。

「私以上に酷な生活を課せられたのでしょうか？」

　エミリオの声が震える。

「どうだろうな？　貴人が懸命に育てたのだろう。母のノートまでベルボルトに持っていき、私と同じ食事を食べさせたのだ。父からお前には母の銀食器、もう一人には母の味ということだろう」

　エミリオが銀食器の箱に手を伸ばす。

「母の想い……、父の想い」

エミリオが嗚咽しながら銀食器の箱を抱き締めた。

しばしの時が流れる。

「あ、にうえ」

エミリオが顔を上げた。

「迎えに行きたい」

「ああ、お前に行ってもらいたい。だから、明かしたのだ。お前しか迎えに行ける者はいないだろう」

マクロンはエミリオの頭をポンポンと撫でる。

「王都に一番近い村にビンズを待機させている。近衛と一緒に行ってくれ。表向きはカロディアへのお悔やみだ」

エミリオが頷く。

「貴人らは先に呼びつけておく。だから、心置きなく説得し王城に連れてこい」

「はい、必ず」

エミリオの目に、もう涙はなかった。

マクロンは、エミリオの退出を見送る。

幼かった背が、少したくましく見えた。

「確かに、自身の感情を自分で越えねばならぬのだな」

マクロンは呟く。

「ええ、そうですね」

フェリアもエミリオの背に自分と同じ感情を抱いたようだ。

「弟たちとビンズの到着前に、登城の命令を出さねばならないな」

フェリアが頷く。

「貴人とベルボルト伯爵夫妻ですね」

「ああ、ラナハンも」

マクロンは用意していた書状を近衛に渡す。

近衛がマクロンの書状を持って出ていった。早馬でベルボルト領に向かうのだ。

これで、ビンズとエミリオはジルハンを連れ出しやすくなるだろう。

「セオはまだか?」

マクロンはゾッドに問うた。

「先ほど戻りました」

フェリアがホッとする。

「『三ツ目夜猫魔獣の髭の鞭』を預かっております。鞭のおかげで上手く敵をかわせたそうです」

フェリアの目がキラリと光る。

ウズウズとしているのが、無意識の手つきからわかる。

マクロンはプッと笑って、フェリアの手を握った。

「私以上に焦がれるな」

「ち、違いますから！」

フェリアが手を振り払おうとするが、マクロンはギュッと握ったまま離さなかった。


翌日。

「ソフィア貴人様を呼びつけたそうですな」

ペレが王間に入って早々口にした。

「ああ、ガロンの一報を伝えなければならんからな」

マクロンは大きく息を吐き出した。

「丸薬はもう手に入らん」

ガロンのことは王城内で留まっている。普通なら、ソフィアが知る由もないことだが、軟禁をした本人だ。ガロンの情報も、もう耳にしていることだろう。

『ノア』のことを知っていたように、この王城にはソフィアと繋がる者が多くいるのだから。もちろん、ペレもそれに入るとも言えよう。

「……いえ、ガロン殿が王城を出る際に、処方箋をいただきました。それさえあれば、なんとか作れるのではないかと思われます」

「処方箋?」

「薬の調合表のようなものです。本来、薬師がそれを明かすことはありませんが、ガロン殿はあっけらかんと置いていかれました」

ガロンらしい。

「そうか……ならば、その旨も伝えよう。ペレ、フェリアも同席させる。ガロンの遺志を知れば、心持ちも変わろう」

「フェリア様は、どのような調子でしょうか?」

「伏せっている」

マクロンはベッドで跳ねるフェリアを思い出し、漏れそうになる笑みをグッと抑える。

「食事は?」

「少しだけだな」

芋煮を婆やと楽しげに作るフェリアを思い浮かべ、頬が緩みかける。マクロンは口元を手で覆い、少し俯く。

「王様もお疲れでは？」

「いや、大丈夫だ」

マクロンは首を横に振って顔を上げた。

「エミリオ様がカロディアに向かったと聞きました」

「ああ、お悔やみと、現状を確認してくるように指示した」

「ご遺体は……」

マクロンはペレの言葉を手で制す。

「それも踏まえてだ。フェリアにエミリオを行かせたと伝えた。私にできる精一杯だ」

ペレが『そうですな』と言って頷く。言葉は続かないようだ。

「ペレ、また15番邸を使いたい。準備を頼む」

「かしこまりました」

15番邸は、前王妃の死の真相を明かした場所である。

今回も、そこは最も相応しい舞台になるはずだ。

マクロンは政務の合間に寝室へと向かう。

誰も、マクロンを止めたりはしない。対外的に、次期王妃を気遣う王の図式に文句を言う者はいない。

寝室に入ると、フェリアがソファでうたた寝をしていた。
連日のことで疲れが溜まっているのだろう。
その手には、母のノートがある。
マクロンは、起こさないようにフェリアの横に座った。
手からソッとノートを取って、サイドテーブルに置く。
そこには、想いの形がもう一つ置いてある。
「蝉の抜け殻なんて、大事にしなくてもいいのにな」
マクロンは苦笑いする。だが、満たされた笑みだ。
朽ち果ててしまいそうで、開けなかった小箱である。
「う……ん」
フェリアがもぞもぞと動く。
マクロンはフェリアの背を優しく撫でた。
次第にまた穏やかな寝息が聞こえてきた。
頭にキスを落とす。
マクロンは、小箱を手に取った。
開けることができなかった小箱の蓋を、ゆっくりと持ち上げる。
隙間を少し覗き、閉じようかどうかと迷いながらも、蓋を開けた。

「……そうか。これが、父の想い」

マクロンは、蓋を戻すと昨日のエミリオのように、小箱を抱き締めたのだった。


ガロン転落の一報から八日が経った。

貴人らが王都に到着したと知らせが届く。

マクロンは、明日の登城を命じた。


翌日、王城に一行が到着し、15番邸に案内された。

貴人は、いつものような重厚（じゅうこう）な衣装（いしょう）を身につけている。

その横には、落ち着かない様子のベルボルト伯爵夫妻。そして、息子のラナハンがいる。

マクロンは、フェリアを気遣いながら邸内（ていない）に入った。

後ろには、ペレとお側騎士ら、近衛隊長が連なる。

マクロンらが入室すると、皆がいっせいに立ち上がった。

「挨拶（あいさつ）はいらぬ、座れ」

マクロンの気迫（きはく）に皆がたじろぐ。この登城が通常のものとは違うとハッキリわかっただろう。

ソフィアが、弱々しくマクロンに支えられているフェリアを見て、苦悶の表情を覗かせた。しかし、それも一瞬で引っ込める。

皆が座ったのを確認したマクロンは、テーブルに処方箋を置いた。

「ジルハンの処方箋だ。ガロンが王城から出る際に置いていった」

いきなり始まったマクロンの言葉に、皆が戸惑う。

マクロンは、俯くフェリアの腰に腕を伸ばし自身に寄り添わせた。

「ガロンが崖下に転落した。ジルハンの丸薬を唯一作れる者がな」

フェリアがマクロンにすがるように抱きつく。

その光景は痛々しいものだった。

マクロンは、ソフィアを見つめる。

「お、お悔やみ申し上げます」

動揺は声だけに留まらない。

ソフィアの表情は、いつもと違い蒼白だ。

「これで、崖下に転落したのは二度目。同じ理由だろ、貴人?」

マクロンの言葉に、ソフィアの目が大きく見開く。

そこで、やっとマクロンはベルボルト伯爵夫妻に視線を移した。

その瞬間、二人はビクッと反応した。

「双子を産んだのか？」

最大にして、最小限の質問だろう。

二人は小刻みに震え出した。

答えられない夫妻から、ラナハンへと顔を向ける。

「同じ顔か？」

ラナハンは、パクパクと口を開けるが声は出てこない。

突如、ソフィアが土下座した。

「それは、何に対してだ？」

マクロンは冷たい声を落とした。

「また、『ノア』を欲しいとでも言うつもりか」

ソフィアが床に頭を打ちつける。

「マクロン様、そろそろお仕置きはやめてください。貴人は、ガロン兄さんを軟禁までして、守ろうとしたんですから」

フェリアは屈んでソフィアを起こす。

「……どういうことぇ？」

ソフィアが、穏やかなフェリアの様子に驚く。

「まあ、そうだな。このくらいにしておこうか」

マクロンが圧を引っ込めた。

「あの」

そこで、ペレが声を出す。

「私も、何がなんだかわかりませんな」

ペレにしてみれば、話の内容が全く摑めないのだろう。

「……」

ソフィアが無言でペレを見る。

「貴人、座って」

フェリアは、座った面々を見回した。

「ガロン兄さんは無事です」

「本当かぇ⁉」

「ええ、崖下に落ちたのはマントだけ」

フェリアは肩を竦めた。

「貴人、全て明かしてもらうぞ」

へにゃりとソフィアの体の力が抜ける。

ペレが眉間にしわを寄せ腕組みしている。一体、何が起こっているのかわからない苛立ちだろう。

フェリアは口を開く。

「前王妃様の死は、出血多量によるものでした。その出血が、なぜ起こったのか」

「時間差で、双子を出産したからじゃ」

ソフィアが返答した。

「意図的に置かれた偽物の銀食器に、慌てた前王妃様はそれに手を伸ばしたはずです。そして、二度目の陣痛に見舞われた……と推察されます」

フェリアはソフィアを見ながら言った。

「部屋に入ったら、産声の小さい赤子と瀕死の王妃様が」

その光景を思い浮かべているのだろう、ソフィアの声は緊迫している。

「本来なら、医官や女官が控えているはずが、いなかったのだろ？」

マクロンが問うた。

ソフィアがコクンと頷いた。そのまま、顔を手で覆い項垂れる。

「父上が石台行きにしたのは、医官一名と女官三名だ。きっと、偽物の銀食器を運ばせるために、母上の周囲を手薄にしたのだろう。あの日の王妃塔は、様々な暗躍が繰り広げられていたからな」

ソフィアがおもむろに顔を上げる。

「王様とご一緒に向かったのじゃ」

フェリアは、ソフィアの言う『王様』がマクロンでないことはわかった。ソフィアの瞳は、当時を見ているのだ。

マクロンもそれをわかっている。

「先王様とご一緒に寝室に入ったのですね？」

フェリアの問いにも、ソフィアの視線は定まらない。

「どちらも瀕死じゃった。医官も女官もいない。出産時の王妃様の寝室は、王様と医官以外は男子禁制で、配備騎士も遠く離れていたぇ」

最悪の状況だったのだ。

侍女はエミリオについており、騎士は部屋から離れていていない。医官は意図して場を離れる。女官らが周囲を見張りながら偽物の銀食器を運ぶ。

ことが起こる場に居ることを避け、女官は前王妃を一人きりにした。

まさか、前王妃が出血多量になるとは思っていなかったのだろう。前回、ガロンが推察したように、エミリオの口に死をもたらすだろうものを置いただけ。

再び母子が一緒になった際、上手くことが運びエミリオが急変した時を考え、そこにいたくなかっただけ。

不運が重なり、一時、前王妃の周囲は手薄になった。その時に、先王とソフィアは現れたのだ。

「王様は、即座に判断された。私に王子様を託し、王様は王妃様の手を取ったぇ」

ソフィアがフッと自嘲した。

「判断か……責を問うしきたりを回避する判断で間違いないか？」

マクロンが問うた。

エミリオが課されたあれである。

ソフィアが頷いた。

「王妃様が助かり、王子様が亡くなれば、『子殺し』の責を王妃様が問われる。王子様が助かり、王妃様が亡くなれば、『母殺し』の責を王子様は問われる。未熟に生まれた赤子の運命など、すぐに消えてしまう状況。どちらも亡くなれば、『親兄弟殺し』の責をエミリオ様が問われる。どれも、最悪の責を問われる残酷な状況ぇ」

「だから、父上は即座に判断したのだな。王子の存在を秘密にすれば……最小限の犠牲で済むと。それは、死産の弟の時と同じだろう」

ソフィアと同時に懐妊した前王妃の御子は、公になっていない。『子殺し』の責を先王は、隠したのだ。

子を隠すことで、子が亡くなっても、『子殺し』の責は問われない。

そして、もし王妃が亡くなっても、出産時でなく出産後の死として、エミリオの責は軽減させてみせると決意したはずだ。

そして、一縷の望みをかけ、王妃の手を取った。王妃だけに医療を集中させれば、助かる可能性もあると信じて。

「王様が王妃様の異変を知らせる間に、私は王子様をドレスに包んで隠し、部屋を出たぇ。王様に、当時の近衛隊長に預けるようにと指示されたのじゃ」

ソフィアが言い終わったとばかりにまた項垂れる。

「まだです、貴人。そこで終わりにしないで」

フェリアはベルボルト伯爵夫妻に視線を移した。

ソフィアが『もう隠せぬ』と呟き、ベルボルト伯爵夫妻が口を開く。

「せ、先王、様に……ラナハンを取り上げられたくなければ、双子を出産したことにしろとの密命が」

ベルボルト伯爵が、上ずった声で告げた。

幸か不幸か、王妃とは反対にジルハンの命は永らえたのだ。

「父上は、全てに手を回していたのだな」

マクロンが小さく息を吐いた。

医官や女官、前ベルボルト伯爵に留まらず、現ベルボルト伯爵にも密命を下した。責を負わせたのだろう。

「ベルボルトに下賜すると命じられた時、先王様から二つの命令を承ったえ。ベルボルト伯に祝杯を上げよと『銀食器』を授けることと、娘夫妻の『双子の弟』を育てよとの厳命じゃった。そして、私は……ノートを賜ったえ」

ソフィアがまた自嘲する。

「ベルボルトに着くまで、『双子の弟』はベルボルト伯爵夫妻の子だと思っていたのじゃ。王妃様の形見のノートを賜り感傷に浸っていたえ。能天気にも」

そのノートの料理をジルハンに食べさせよとの命令だったのだ。

今度こそ、王妃の御子を犠牲にするなとの暗黙の命令でもあった。

「父上は、エミリオもジルハンも救った。だが、母上は救えなかった。皆の知らぬ間に、父上は全てを処理した。いや、皆が互いに知らぬようにと言った方が正しいかもしれん」

先王の苦悩は相当なものだっただろう。

明かすことができぬことを背負ったのだ。

そこで、フェリアは静かに口を開く。

「密事は明かされることなく月日は流れました。そして、四年ほど前『秘密の顔』を知ってしまった両親は崖下に転落しました。同じく『秘密の顔』を知ることになったガロン兄さんも狙われたのです」

フェリアの発言で、場は静まる。

誰が犯人か、皆が口を閉ざす中、フェリアは続ける。

「ジルハンの命の砦である丸薬を作るガロン兄さんの命を、貴人が狙うはずはないわ。ましてや、両親だって」

「すまぬ、すまぬぇ！　私のせいじゃ」

ソフィアは、懺悔するが犯人の名は口にしない。

フェリアは小さく息を吐いた。

「両親やガロン兄さんをつけ狙ったのは、先王様の命令を受けた者。先王様亡き後も、貴人らのように忠実に命令に従う者ね」

つまり、ソフィアと同じ立場の者になる。味方を売るなどできないのだろう。できるのは懺悔だけ。

フェリアは、マクロンと頷き合う。

「エミリオとビンズに、ジルハンを迎えに行ってもらっている」

マクロンが告げた。

ソフィアが信じられないとばかりの表情を見せた。

「復籍させる。いや、復籍という表現は間違っているな。我の『双子の弟』を公にする。出産時、死の責を問うしきたりに囚われていたのだ。それがなければ、このような悲劇は起こらなかっただろう。第二の妃選びとてそうだ。死をもたらすしきたりなどに従う理由などない。それを推奨する者は、それこそ死の責を問わねばならん」

第二の妃選びのしきたりがなければ、悲劇は起こらなかった。死の責を問うしきたりがなければ、亡き弟もジルハンも隠されずに済んだ。エミリオが廃籍にならずに済んだ。前王妃が命を失わずに済んだかもしれない。

真実の苦しみを乗り越える。

許しを乞うても、問題は解決しない。懺悔などなんの役にも立たない。

マクロンが立ち上がった。

「お披露目は盛大にするぞ。公になれば、全てが解決するからだ」

フェリアも続く。

「ええ、それまで皆さんはこちらで軟禁させていただきますわ」

ソフィア、ベルボルト伯爵夫妻、ラナハンの目が見開く。

「父上の命令に今の今まで従ってきたことの忠誠に免じて、不問に付そう。だが、これからは我の命令に従え」

過去に囚われていた者らを、解放する。同じ王様の命令でも、今後はマクロン王の命令に従えと、現在に引っ張り上げたのだ。

フェリアとマクロンは膝を崩すソフィアらに背を向けた。

本当の敵と対峙するために、15番邸を後にしたのだった。

一行は、執務殿に向かって歩く。

聞こえるのは足音だけで、誰も言葉を発しない。

マクロンとフェリアの背後には、近衛隊長、お側騎士ゾッドとペレが連なる。他の者は、ソフィアらの監視に当たらせた。

「手を怪我しておりました」

突然、ペレが呟いた。

「怪我ではないでしょ？」

フェリアが問うた。

「……手が痺れているようです」

「三ツ目夜猫魔獣の髭の鞭に当たった特徴だわ。偽のガロン兄さんになってもらったセオがその鞭を持っているの」

「文は、あの文はそういうことでしたか。数日前に帰ってきてから、痺れを理由にこもっております。我々は同じでなければならないので、怪我をした者はこもるのです」

香草が届けられた時の文だと、ペレはわかったのだろう。

「黙っていてごめんなさい、ペレ」

ペレが首を横に振った。

「謝らなければならないのは、私でしょう。私が犯人ですから」


フォレット家に到着する。

「お待ちしておりました」

マクロンはジッとそのペレを見る。

「この手は、お二人にやられたのでしょうな」

マクロンの教育係だったペレでもあり、現在はX倉庫番のペレが手を擦りながら言った。

さっきまで一緒だったペレは書庫に残したままだ。

「一人では、あなたに太刀打ちできないもの」

フェリアがそう言いながら、マクロンと見つめ合う。

「『二人で一つでなく、二人いるなら二人分の力』、お前相手に一対一など無謀だ」

マクロンの言葉に、ペレがフォフォッフォと笑った。

「二人分の獅子の力には、敵うはずもありませんな」

それは、敗北宣言のようだった。だが、ペレの表情には、悔しさはなく、どこか誇らしげだ。

それを望んでいたかのような、つまり、マクロンとフェリアが真相に辿り着くことを予見していたかのような。

「ここに、お二人が現れなければ、私はお二人に幻滅したことでしょう」

やはり、ペレはこうなることを望んでいたのだ。

「さて、歓談はこの辺でやめましょう」

ペレが大きく息を吐いた。

「当時のことは、今も鮮明に覚えております」

忠臣の真実が語られる。

「……当時の近衛隊長が、このフォレット家に瀕死の赤子を運んできました。他のペレは居ませんでした。一人は王城詰め、もう一人は他国に間者として潜入していたのです」

マクロンの教育係だったペレは、その日王城詰めのペレと交代して帰ってきたばかりだった。エミリオ出産が終わり、ひと息ついたからだ。

「王族を逃がす役割を担うこのフォレット家に、近衛隊長が赤子を運んできました。つまり、王族である証拠ですな。未熟で瀕死の赤子の意味すること、双子の出産であったと瞬時にわかりました」

三つ子であるペレだからわかることだ。

「私は王家の血を託されたのです。フォレット家の本来の役割を」

密かに家を借り、乳母を雇う。未熟で瀕死の赤子は、命の危機を乗り越えた。他のペレ

には内密に動いた。先王からの指示だったのだ。

「やんちゃな王子様が、王都に出ていく度に、私も出かけました」

マクロンは驚く。

「待て、私のお忍びは……父上も知っていた。そうか、そうだったか」

先王は、そうやってマクロンもジルハンも見守っていたのだ。もちろん、エミリオも。ペレという手足を使って。

「私は忙しさのあまり、何があったのか調べることができませんでした。ただ、先王様が秘密裏に動いていたことは承知しておりましたが、見て見ぬふりをしてしまったのです」

それが、ペレの心残りだった。だから、前王妃の死の真相を明かそうとしたのだ。

「全てが、先王様の手で行われ、私は駒に徹しました。それが先王様のご意向でしたから。『子の存在が明かされれば、母殺しの責を問われる。命をもって償うように迫られる。公にするな。双子の弟の命を守れ。それがフォレット家の役割だ』」

そこまで言うと、ペレがフェリアに視線を向ける。

「だから、両親を？」

フェリアが毅然と問うた。

「ソフィア貴人様から、『顔がばれた』と連絡があったのです。もう、四年前になりますな。前カロディア領主に王家の密事が知られてしまいました」

ペレがフェリアに目礼した。

フェリアは黙って聞くだけだ。

「王族を陰から守る態勢は、ジルハン様にもありました。先王様は、当時の近衛隊長と数人の近衛に、ジルハン様を守るように命じて城を下がらせたのです。その命令は、先王様亡き後も忠実に守られてきました」

フェリアはグッと唇を噛む。それが、両親の死の理由に繋がるからだ。

「ソフィア貴人様からの連絡で、元近衛騎士らが前カロディア領主を追ったのです。……信じていただけないでしょうが、亡くなったのは事故でした」

ソフィアがガロンを軟禁したのは、元近衛騎士らがフェリアの両親に手を下したと思っていたからだ。ガロンを元近衛騎士らから守りたかったのだ。

ガロンをつけ狙っていたのは、元近衛騎士ら。背後にはこのペレがいた。

「いいえ、信じるわ。木に落雷なんて、意図してできることではないもの。雷雨の中追われ、たまたま近くの木に落雷し火の手が上がる。馬は炎に驚き、暴走して崖下に転落した。……でも、ガロン兄さんは？」

追われたことが死に繋がったが、両親の死の原因は馬の暴走による転落で間違いない。

だが、ガロンのことは問わねばならない。

「ガロン殿が王城から出る際に、私は処方箋を受け取りました。そして、ベルボルトに行く旨を聞いたのです。丸薬を処方するからには、やはり患者を診なければいけないからと」

「『秘密の顔』が明かされるのを恐れ、元近衛騎士らがつけ狙ったのだな?」

マクロンは問うた。

「ベルボルト行きを一旦断念していただきたかったのです。処方箋があれば、問題なかったものですから」

ガロンが診なくても、処方箋で丸薬が作れるのだから。

「しかし上手くいかないもので、ことごとくガロン殿にやられてしまいました」

魔獣と戦うカロディアの者を侮っていたのだろう。

「最後は、ソフィア貴人様の屋敷に逃げ込まれ、手出しができなくなりました」

そこからは、知っての通りだ。

密かに探っていたネルに、ビンズが合流し、脱出したガロンと一緒に王都に向かう。

その旨の文がフェリアに届く。

井戸から抜け出したセオによって、カロディアに状況が伝えられ、おびき出すための文が、香草と共に届けられた。

ペレは、カロディアに向かい、ガロンに扮したセオの鞭でやられた。

「つけ狙いは元近衛騎士たち。でも、今回、ガロン兄さんを狙ったのはあなた自身よね」

フェリアがペレの痺れた手を見る。

「……誰かがやらねばならぬこと。ジルハン様の尊顔を知られたなら、私がやらねばならぬこと。王族を逃す役割を担う私が、先王様から託された私が」

「ペレ、もうよせ」

マクロンは、ポケットからソッと小箱を出した。

「これが、父の想い」

マクロンは小箱を開ける。

そこには四つのへその緒と、朽ちた蝉の抜け殻。そして、先王が託した文言。

『頼んだぞ』

ペレが大きく息を吐いた。

こもっていたからこそ、知らなかったのだ。マクロンの手にそれがあることを。

ペレの体が弛緩する。

「貴人にはノート、お前にはこの小箱だったのだな。父上は自身の鎧を、我々に授けたのだ」

自身が死してもなお、守り続ける忠臣らを。

「あの時、開けていたら良かったな」

開けたら、朽ち果てそうで躊躇した。マクロンは苦笑する。

ペレが目を細めて、小箱を懐かしそうに見つめる。

「四つのへその緒が明かされ、この小箱の中と同じように、皆が王城で過ごせるようになることを『頼んだぞ』」

フェリアが先王の想いを口にする。

「当時の状況では、公にすることはできないでしょう。だから、『公にするな。命を守れ』と命じたのだわ。だけど、先王様は別の矛盾する命令も……小箱に忍ばせた。いえ、託したのでしょう」

マクロンはフェリアの言葉に頷く。

フェリアの手を取り、ペレに向き合った。

「お前は、我の教育係。我が父上の望む未来を手にできるように頼まれたのだ。お前は、こうなることを望んだ。自身が黒幕のように最後を迎えることを。黒幕を我が曝くように、最後は自身が向かったのだ」

元近衛騎士でなく、ペレ自身が向かった理由である。前回と同じ轍は踏みたくなかったのだ。

王家の密事で民を犠牲にするなど、あってはならない。

元近衛騎士らは、今度こそ本当に手を汚すかもしれないと危惧したのだ。

だから、自身が向かった。ガロンを救うために。

ペレは、もしかしたら犯人をおびき出すフェリアたちの文の策を、重々承知していたのかもしれない。最後は……自分がとの引き際だろう。

ペレがフォフォフォと言いながら、一筋の涙を流した。

「肩の荷が下りました」

ペレがいっそう小さく見える。あれほど大きかった存在が、今は違って見えた。

「お前は、最後まで父上の忠臣であり、我の教育係だったのだな」

マクロンはそれ以上言葉にしなかった。

このペレがマクロンの前に現れることは、もうないだろう。役割を終えたのだから。

ガロンとネルは、何食わぬ顔で城門前に立った。もちろん、31番邸の井戸から森に出て、関所を通過し王都を闊歩しながら王城に到着した。

ペレが二人体制になった翌日だ。

その吉報はすぐにマクロンとフェリアに届き、フェリアは涙ながらの演技でガロンを出迎えた。

「マントが落ちただけさぁ」

ガロンが呑気に言った。

「リカッロ兄さんは早とちりだからなぁ」

そんな呆気ない結末の後、王城は大騒ぎになる。

ガロンの生還より、断然こちらの一報の方が規模は大きかった。

ビンズが、エミリオとジルハンを引き連れて王城に現れたのだから。

母殺しの責から逃すため、先王はエミリオの双子の弟ジルハンを貴人に預け、密かに育てた。未熟に生まれ心臓が弱かったジルハンを、カロディアの薬師が見事に治癒させた。王城に迎えるために、ビンズ騎士隊長がわざと解任され、エミリオと共にベルボルトに向かった。

マクロンとフェリアが考えたシナリオは、瞬く間に、王都に広がり民の心を動かす。

貴族らが、しきたりを口にすることなどできぬほどに、民は歓喜した。

涙ながらに語られる先王の子を思う深い愛に、『母殺しの死の責を！』などと声高に叫べなかったのだ。

「王籍にジルハンを迎え入れる！」

マクロンは宣言した。

数日後。

31番邸はいつもの風景である。

つまり、騒々しいということだ。

「フェリア様！　すぐに6番邸にお越しくださいますようお願い致します」

バネッサが門扉を通るや否や、フェリアに懇願した。

フェリアは半眼で空を見上げた。

「失敗だわ」

フェリアはノロノロと6番邸に向かった。

「オーッホッホッホッホ。お疲れ様ですわ。ほっかむり令嬢とほっかむり貴人様」

精巧な刺繍を施したほっかむり姿のサブリナが声高らかに言った。

ミミリーがギュインと顔をサブリナに向ける。

「これ、ミミリーや。あの程度の小娘の相手などするでないぇ」

ソフィアがサブリナを鼻で笑った。

「オホホホホ。そうですわね」

ミミリーも鼻で笑う。

サブリナの顔がピキリと固まった。

それでも、口角を少しずつ上げていく。流石は公爵令嬢だ。

「本当に素敵な美意識をお持ちのお二人ですわね。ほっかむりに縦巻きロールと、ほっかむりの上にお飾り帽子。私では刺繍を施す程度しかできませんわ。あら？　よくよく見ましたら、お帽子でなくタロ芋ですの？」

サブリナがソフィアの帽子をまじまじと眺め、わざとらしく感心する。

ミミリーが思わずプッと笑った。

確かにお飾り帽子は、タロ芋の大きさと同じだ。

「なんですってぇ!!」

ソフィアも流石に黙ってはいられなかったようだ。

三者三様のほっかむりが睨み合う。

公爵令嬢に侯爵令嬢。加えて、貴人の図が出来上がっていた。

ここが正しく後宮であるとわかる淑女たちのやりとりだった。

フェリアはハァとため息をついた。

「貴人を後宮に留まらせたのは間違いだったわ」

ジルハン入城後、ベルボルト伯爵夫妻とラナハンを帰領させた。

ジルハンの晴れやかな表情に、ソフィアも肩の荷が下りたのか帰領を望んだが、フェリアは呼び止めてしまったのだ。

「迷惑料の代わりに、労働しろなどとお情けをかけたのは、フェリア様自身ですよ」

ゾッドが笑う。

「だって、見るからに気力なくトボトボ歩かれていたから、つい……」

フェリアも苦笑する。

「お優しいですね」

ゾッドの言葉にフェリアはむず痒くなり、プイッと横を向く。

「『薬草を育てよ』。素晴らしい命令でした」

ソフィアの気力が戻ったのは言うまでもない。

フェリアは空を見上げた。

先王の願いは叶っただろうか。

マクロンはエミリオとジルハンを復籍させた。

王城は、いやダナンは歓喜に溢れている。

命を奪うしきたりは……もう存在しない。

雲一つない真っ青な空が、フェリアに微笑む。

『ありがとう』
そんな声が聞こえたような気がした。

7 恋人期間

フェリアは三ツ目夜猫(やびょう)魔獣(まじゅう)の髭(ひげ)の鞭(むち)に歓喜(かんき)する。

「やったわ！」

ヒュンと鞭がしなる。

王妃近衛(おうひこのえ)がいっせいに散らばった。

「威力(いりょく)は全然ないから安心して」

フェリアは、ヒュンヒュンと鞭をしならせる。

「では、どんな鞭なのです？」

ゾッドが少し引きつり気味で問うた。

「当たった者が痺(しび)れちゃうのよ。ビリビリって」

ヒュンと鞭が王妃近衛に向かった。

「フェリア様！」

ゾッドが慌(あわ)てて諫(いさ)める。

「そうよね、痺れる程度の鞭と戦いたくはないわよね」

王妃近衛がいっせいに、『違うから！』と突っ込んだのは言うまでもない。

「そうだわ、セオ、エルネを呼んできて」

犠牲者はエルネになるのかと察した王妃近衛たちは、止めることもせず内心『ご愁傷様』と呟いていた。


エルネが31番邸の門扉を通る。

フェリアの姿を確認すると、バッと駆け出して近づいてきた。

王妃近衛がサッと警戒に入り、お側騎士がフェリアの前に壁を作った。

だが、その警戒は意味をなさない。

エルネが、膝を擦る勢いで土下座を披露したのだ。

「申し訳ありませんでした！　ビンズを戻していただきありがとうございます！」

態度が百八十度違い、王妃近衛らが唖然としている。

「こちらこそ、ありがとう、エルネ」

フェリアは、お側騎士の隙間からエルネを見る。

「もう、平気みたいだから、警戒は解いて」

フェリアの視界が開けた。

「本当に、ありがとう。あなたが最後まで傍若無人を地でいってくれたから、ビンズが庇い解任できて、密命を実行できたの。あなたのおかげだわ。すごいのよ、マクロン様はあなたが改心しないってわかっていたみたい。でも、私は不安だったわ。いくらなんでも、あんな態度をずっとしていたら、普通なら放り出されるってわかるものじゃない？　それを、二十七にもなった大人がするわけないって思っていたのよ」

　フェリアの発言に、場がシーンと静まり固まった。

「あなたのその後先考えない言動のおかげで、ジルハンを迎えることに繋がったわ。どうか、そのままでいてね。そうすれば、女性騎士試験に再度挑戦しても、絶対に受からないから安心だもの。その性格を誇っていいのよ、エルネ！」

　王妃近衛らが頭を抱えそうになる。

　エルネの顔がギギギと上がった。

　こめかみに青筋が立っている。

「そう、その顔よ！　いいわ、その不埒な顔。完璧な不合格の表情ね。ある意味、合格よ」

　ギギギと口角も上がっていく。

「あーん、そうじゃなくって。もっと、こうこの前のように掴みかかってくれないと、困るのよ」

　フェリアの手がムズムズと動く。

「フェリア様、エルネを実験台にしないでください」

ローラが呆れたように言った。

「実験台？」

エルネが呟く。

「そう、三ツ目夜猫魔獣の髭の鞭よ。ビリビリって痺れる鞭なの。エルネなら、髪がこうバッと広がって面白いかなって思っちゃって」

「……下手に出てりゃいい気になりやがって！」

エルネが烈火の如く叫び、立ち上がった。

「その調子よ！　エルネ」

フェリアは臨戦態勢に入る。

ちょうどその時、門扉を颯爽とマクロンが通る。

すかさず、フェリアはマクロンに抱き抱えられた。

「こら、今日は暴れる日ではないだろ？」

「マ、マ、マクロン様！　恥ずかしいから下ろして」

「嫌だね」

「むぅ」

要するにイチャイチャである。

「さっさと行ってください」

マクロンと一緒に来たビンズが二人をシッシッと払う。

今日は、フェリアの誕生日だ。

「エルネ、お前はボルグ隊長が呼んでいたぞ」

ビンズの言葉に、エルネがパッと表情を変えた。

「勘違いするな。鍛え直しじゃない。ベルの代わりに鍛冶場で働かないかってことらしい」

エルネがハァとため息をついた。しかし、『それもいいかも』と顔を上げた。

「わかったわ。行ってくる。……王様、次期王妃様、ご迷惑をおかけしました」

エルネが片膝をついて、頭を下げた。見事な忠誠の姿勢だった。

「まあ、励め」

マクロンが穏やかな表情で、フッと笑いながら言った。

「その勝ち気な性格は、鍛冶職人向きね。もし、剣まで鍛錬できる力がついたら、私に納めなさい。一太刀で折れないか確認してあげるから」

フェリアはニッと笑う。

エルネがニッと笑い返した。

「見てなさいよ！　あんたにゃ、もったいないくらいの剣を献上してやるんだから！」

ビシッとフェリアに指を差す。

もう誰もエルネを止めなかった。

フェリアがあえてそうしたのだとわかっているからだ。

フェリアはマクロンに横抱きされたまま、31番邸を出た。

「あの、下ろしてください」

「嫌だね」

マクロンがクッと笑う。

これではさっきと変わらない。

「婚姻式の日取りが決まった」

マクロンが不満げに言う。

「建国祭と一緒の日だ」

「あら、まあ」

フェリアはクスリと笑った。

「民の意見を訊いたら、昨年紫斑病で頓挫した建国祭と一緒の日の方が盛大に祝えるからという理由だ。つまり、まだまだ先なのだ！」

マクロンの不満はそのせいである。納得がいかないのだろう。

妃選びが終了してから次の三十一日ならまだしも、そこからまた数カ月先になろうとは思っていなかったに違いない。

フェリアは高らかに告げる。

「恋人期間が増えたと思ってくださいまし。妃選びの期間が終わったら、王妃塔に移れます。しきたりは終わり。会えない期間は終わりだもの」

「フェリア？」

フェリアは、マクロンの頬にチュッとキスした。

マクロンが呟く。

「納得がいかない」

「31番目のお妃様は、終わるのだから」

「いえ、そうもいきません」

ビンズが口を挟む。

「違うのか!?」

「違うの!?」

二人同時に叫んだ。

「元々、お二人はしきたりに反して、会っておりました。その日にちは加算されます。えーっと、ただいま長老方が加算日を会議中です」

ポカンと口を開いたまま、二人は固まった。

だが、マクロンが復活する。

「会っていたとは、心外だな。それを証明することなどできまいに」

「いえ、簡単です」

ビンズがフェリアの髪を指差す。

「王様、今何本リボンが貯まりましたか？」

マクロンが、フェリアと会う度にリボンを攫うのは恒例行事だ。

「素直に言うものか！」

マクロンはフェリアを抱えたまま駆け出したのだった。

終わり

あとがき

はじめまして、桃巴です。もしくは幾度かご挨拶をしていることでしょう。
『31番目のお妃様』五巻をお手に取っていただきありがとうございます。

まずは、読者様もお気づきかと思いますが、この五巻は上下巻の下になります。もちろん、四巻が上になりましょう。

五巻の物語を前提に、四巻は書いていたのです。
『ソフィアの台詞』、『ジルハンの銀仮面』、『リカッロの美容品』など、四巻に散りばめられた種を、読者様は見破りましたでしょうか？
『あれが、ここに繋がっていたのか!?』とゾクゾク感を味わっていただけたのなら、嬉しい限りです。

さて、五巻でも登場した彼の二人ですが、彼女たちの場面を書くのが作者は一番楽しいです。

巻き髪から出てくる文、あれを考えついた時、作者はきっとニヤけた顔だったと自覚しております。端から見ると、パソコン操作しながらニヤける人物の出来上がりです。

ええ、周囲に人がいたら距離を置かれることでしょう。

憧れるのは、素敵なカフェで執筆活動をする作家の姿ですが、現実はほど遠いです。

いえ、当作者だけがおかしいのかもしれませんが。(言い訳と認めましょう)

五巻まで読者様と歩めたことを感謝しております。

山下ナナオ様、たくさんのイラストは、作者ときっと読者様の宝物になっています。とても感謝しております。

そして、担当様。今回もあれもこれもと書きたがる作者を、的確に導いていただきありがとうございます。

何より、五巻を最後まで目を通してくださった全ての方に、再度お礼申し上げます。

さて、作者は物語の種を探しに向かいます。それでは……

桃巴

■ご意見、ご感想をお寄せください。
《ファンレターの宛先》
〒102-8177 東京都千代田区富士見 2-13-3
株式会社KADOKAWA ビーズログ文庫編集部
桃巴 先生・山下ナナオ 先生

ビーズログ文庫

●お問い合わせ
https://www.kadokawa.co.jp/（「お問い合わせ」へお進みください）
※内容によっては、お答えできない場合があります。
※サポートは日本国内のみとさせていただきます。
※Japanese text only

31番目のお妃様 5

桃巴

2020年 7 月15日 初版発行
2020年12月20日 3 版発行

発行者	青柳昌行
発行	株式会社 KADOKAWA 〒102-8177 東京都千代田区富士見 2-13-3 （ナビダイヤル） 0570-002-301
デザイン	伸童舎
印刷所	凸版印刷株式会社
製本所	凸版印刷株式会社

■本書の無断複製（コピー、スキャン、デジタル化等）並びに無断複製物の譲渡および配信は、著作権法上での例外を除き禁じられています。また、本書を代行業者等の第三者に依頼して複製する行為は、たとえ個人や家庭内での利用であっても一切認められておりません。
■本書におけるサービスのご利用、プレゼントのご応募等に関連してお客様からご提供いただいた個人情報につきましては、弊社のプライバシーポリシー（URL:https://www.kadokawa.co.jp/）の定めるところにより、取り扱わせていただきます。

ISBN978-4-04-736042-6 C0193
©Momotomoe 2020 Printed in Japan
定価はカバーに表示してあります。
◇◇◇

あっ
ふー
花壇にあったレンガで窯を作ったの
これで美味しいパンを作れるわ
では…
早速ですが農機具一式が欲しいです！
ぱあっ
平民服
牛車
モ～
回想
私の荷物の中に兄さんの野営箱が紛れ込んでたんです
ビーズログコミックスにて
コミックス①~②巻好評発売中!!!
ちょっと（かなり）変わっているお妃様の成り上がり劇★
31番目のお妃様
七輝翼
原作／桃巴（ビーズログ文庫）
キャラクター原案／山下ナナオ